Netorare Tsuiho sareta
Saikyo Kishidancho no Ossan,
Katainaka de
Eiyu ni Matsuriagerareru 2.
2
ずおさん
illust. れんた
寝取られ追放された
最強騎士団長のおっさん、
片田舎で英雄に
祭り上げられる

エレノア・カートライト
（愛称：エリー）
聖女

ライザ
赫き翼竜
エルザ
蒼き翼竜

「——竜術〈ドラゴニック・アーツ〉
中伝……黒《こく》風《ふう》」
ウォーレナ・グレンヴィル
古竜の契約者

寝取られ追放された最強騎士団長のおっさん、片田舎で英雄に祭り上げられる 2

ずおさん

illust.◆れんた

CONTENTS

二部 緋色の竜と帝国の姫君

二部　緋色の竜と帝国の姫君

夜の路地、場違いなお嬢様

　こてんと首を傾《かし》げた彼女は、あくまでも無邪気に、息を吐くように言ってのける。

「助けていただいたことには感謝しております。ただ『亜人』に頭を下げろというのはいかがなものかと。……あなた様はご自宅のペットに頭をお下げになったこと、今までにありまして？」

　正体がわからない、ただやたらに身なりは良い女性。その不思議そうにまっすぐ問いかけてくる視線を正面から受け止めたとき、戦慄《せんりつ》が走った——


　トラントフ子爵領、レイオット。ノーウォルドからは東に位置する街だ。ここにはある目的のためにやってきた。それは最近、この街の周囲で出没する盗賊団と目される存在について調査するため。つい先ほどから飲み屋街を調べ始めたところだ。

　始めてしばらく経《た》った頃合い。酔っ払いと客引きとの下卑《げび》た会話が繰り広げられる夜の盛り場を歩く最中、不意にミミが袖を引いた。

　狐人族の彼女は夜目《よめ》が利き、聴覚も鋭い斥候《スカウト》。聞けば、どうやら人が襲われているらしい。

　駆けつけてみると路地の奥で女性が二人、男どもに囲まれていたので手助けした。

不埒《らち》な下衆《げす》どもを衛兵に引き渡し、一息ついていると二人の女性が近づき深々と頭を下げた。そのうち身なりのより良いほうが口を開く。彼女が主人なのだろう。シルヴィと名乗った。助ける直前まで下衆どもとやり合っていた威勢のいい方はベリータと言うらしい。

シルヴィは商家の娘で、この街には父親の名代として取引に来たとのこと。

彼女ら二人、年の頃は二十に届くかどうかに見える。エリーと大差なさそうだ。二人とも方向性は異なるが仕立てのいい服に身を包んでいる。シルヴィはいかにもお嬢様といったドレス姿。対するベリータは冒険者然とした出で立ち。

見れば伴《とも》の用心棒も汚れているが、それなりに良い服に身を包んでいる。なるほど金持ちの商人とその護衛といったところだろう。

先ほどまで毒の影響で昏倒《こんとう》していたせいか、まだ満足に動けないようだ。護衛のくせに情けない、と切って捨てるのは簡単だが、毒の吹き矢でも射かけられたのだろう。運が悪かったと同情こそすれ、批判には当たらない。

改めてシルヴィが深々と頭を下げてから口を開いた。

「このたびは危ないところを助けていただき、何とお礼を申し上げてよいのか」

「ああ、お連れさん、大丈夫だったかい」

すり寄るミミをなだめながら言葉を返すと、やわらかな笑みを浮かべつつ言葉を継いだ。

「はい、そちらの司祭様に回復していただき、大事なく。解毒までしていただき感謝の言葉もございません。さぞ高名な方とお見受けしますが。あの、お名前を頂戴《ちょうだい》しても？」

「エリーです。たまたまとおりすがっただけですし、仕事なのでお気になさらず」

司祭である彼女にとって人助けは当然の義務の一つ。……といつも言ってはいるが、なかなか率先してできることではない。

「そうは参りません。神に仕《つか》えし高貴なお方に不義理を働いては父に申し開きができません。せめて感謝の言葉と、機を改めまして寄進を納めさせていただきたく」

「でしたらこの子に礼を。雑踏の喧噪《けんそう》からあなた方の戦闘の音を聞き分けなければ、助けにも入れませんでしたから」

エリーは丁寧ににっこりとミミを指し促す。だが相手の反応は予想をすこし外していた。

「はあ。しかし失礼ながら、こちらは『亜人』……でございますわよね？」

ミミとエリー、二人の表情がすこしこわばったのを感じた。

「……そのおっしゃりようは少々気になるのですが。それが何か？」

エリーが不快そうに返す。

「いえ、助けていただいたことには感謝しておりますわ。しかし『亜人』に頭を下げろというのはいかがなものかと。……あなた様はご自宅のペットに頭をお下げになったこと、今までにありまして？」

こてんと首を傾げた彼女は、あくまでも無邪気に、息を吐くように言ってのける。エリーが口を開こうとするのを手で制し、ミミを抱き寄せ割って入る。シルヴィが俺を見上げるような格好になった。

「悪いが今夜の功労者はこのミミだ。助けてもらったら礼を尽くすってのは、ガキだって知ってるお作法だと、俺は心得てるがな」

彼女はまっすぐ俺を見つめる。オリーブ色の大きい勝気そうな瞳。ずいぶん目鼻立ちが整った美人タイプのお嬢さんだ。緩くウェーブのかかったライトグリーンの髪とあいまって、なるほど名前どおりの人だと感じた。

突然割って入った俺の言葉にも臆《おく》することない、微笑みを浮かべ余裕すら感じる表情で彼女は続ける。

「確かに。これは失礼いたしました」

シルヴィは軽く会釈《えしゃく》した。理解してもらえただろうか、ホッとしたのもつかの間、再び口を開いた彼女の言葉に、驚きを禁じ得なかった。

「あなた様がこちらのご主人、ということですね？　良い従者をお持ちです。さぞ名のある冒険者の方と」

「ちょっと待ってくれ。だからなんでそうなる」

従者って。どうしてそういう発想になるんだ、こいつは。

「は？」

彼女は首をかしげる。俺の言っている意味がわかってないらしい。俺に礼を尽くせ、と言ってるとでも思ったのだろうか。

「ミミは従者でもない。そういう言い方はよしてくれるか」

「そう、でございますか。ではどのように」

顎に手を添え逡巡《しゅんじゅん》した様子のシルヴィは、言葉を選ぶように返した。

「ミミは俺たちの仲間だ。エリーからもあったが、礼はコイツにしてやってくれ」

「それは……困りましたわね。どうしましょう」

俺の言葉を受け、今度は頬《ほお》に手を当て慌てだしたようだ。そんなに迷うことだろうか？

「なにが困ることがある？」

「はい、普通『亜人』には銀貨以上の貨幣を持たせることはしません。すぎたものですから。ですのでこの場合はご主人……ではなかったのですね、リーダーの方にお渡しするのが適当かと。こちらには後で褒美を施して差し上げてくださいまし。あいにく手持ちが心もとなく、形ばかりではございますが」

途端に怒りが込み上げてきた。こいつの差別意識は相当なものだ。それも住む世界が違うレベルで。

こんな端《はした》金、受け取れるか！

「……金がほしくてやったわけじゃない。いらねえよ」

そういって小さな革袋を差し出すのを押し返す。

「なっ、それはさすがにお嬢様に失礼ではないだろうか！」

シルヴィの脇から横やりを入れてきたこちらもなかなかに勝気な雰囲気の女性だ。ダークブルーのショートカットが怒りに震えるかのよう。髪色に似たブルーの切れ長の瞳は、やはり俺を射貫かんとまっすぐに視線をぶつけてくる。

　なんともはや、血の気の多いことで。

「ベリータ、とか言ったか、嬢ちゃん。ならこちらのお嬢様が、俺の大事な仲間に投げつけた『お嬢様のお言葉』は失礼じゃあないのかね?」

「おっ。……お嬢様は事実を言ったまで」

　ベリータはたじろぎながらも反論する。リアクションが正直だ。あまりこういう会話に慣れていない様子。商人の護衛、ならば致し方ないのか?

「そうかい。お嬢様に対し、大変恐れ多いことで恐縮だが言わせてもらおう。……オルレーヌ帝国でどう呼ぶか知らんし興味もないが、王国《ここ》は違う。人とそれ以外に貴賤《きせん》はない」

「……なぜ我らが帝国の者だと?」

　シルヴィがふわりと問うた。その態度もまた気に入らない。

「狐人族にそんな不遜《そん》な物言いをするのは帝国の高貴であらせられるお方以外、存じ上げないからな。と、いうわけでお嬢様たち。もう遅いから、伸びてる奴連れて早いうちに宿に引っ込んだほうが……身のためだと思うがね?」

　そういって大げさに周りをぐるりと見てみれば、すでに幾人かの風体《てい》の怪しい新手の連中が、ギラギラとしたぶしつけな視線を彼女たちに投げかけている。

「……そのようですわね。本当にこの国は聞いていたとおり、洗練されていないご様子。この御恩は改めて、いずれ必ず」

うやうやしくお辞儀をするシルヴィを尻目に手を振る。

「あー、一切忘れてもらって結構だ。それより衛兵について行ってもらうことをお勧《すす》めするよ。アンタの言うとおり洗練されてないから、チップも忘れずにな。それじゃあ、よい旅を」

シルヴィたちの反応を待たずにその場を後にした。

しばらくは黙って三人で歩く。客引きの女が腕に手を絡めてくるがそれどころではない。すこし乱暴に振りほどいて、あっちに行けとジェスチャーをする。

二つ角を曲がって短くため息をつく。そして多少なりとも傷ついたであろう、仲間を気遣うべく振り返る。

「ミミ。すまないな、せっかく見つけてくれたのに」

「ごめんねミミ。帝国ではああいう考えがまだ横行《おうこう》しているけれど、王国《ここ》は」

「二人ともありがと。でも大丈夫、慣れてるし。そんなことよりさぁ」

そういってミミは俺の腕に絡んでくる。ちょいちょい、歩きづらいだろが。

「『大事な嫁』っていうのはホント⁉　ウチのこと、そんな大切に想ってくれてるの⁉」

「……嫁とは言っていないと思うが？」

「一緒のことだよう。あーもう、ウチたまんない。もう宿に帰ろ？　んで今夜は一緒に寝よ？いいよね？」

「また始まりましたか……この瞬間発情娘。私の『ごめんね』を返しなさい」

エリーさんの瞳から光が失われた。

「えー？　いーじゃん。ウチさっき心ない言葉浴《あ》びせられてぇ、今とっても傷心なんよね。ダンくんに慰《なぐさ》めてほしいっていうかぁ、ぬくもりがガチ目に必要っていうか？」

「なんでそうなる？　いやまあ、連中のさっきの物言いは確かに腹立たしいものではあったが、それがなんで『一緒に寝る』につながるんだ？」

ミミは胸を俺の腕に押し付けると、唇を尖《とが》らせた。うん、物足りなさは若干感じるが、十分やわらかい。

「ガチ必要だし。それにー。さっきダン君、ウチのこと抱きしめてくれたじゃん。もっともーっと、ギュッてして温めて？　ベッドの中で！」

「それとこれとは話が違う……というかこれはもう、処すしかないですね……！」

わかってると思うけれど。エリーが棍棒《メイス》を取り出したからさ、そろそろ落ち着こっかぁ!?

そんなこんなで騒がしく宿に戻った俺を待っていたのは、他の仲間たちと一通の封書。

近況報告と……財務卿からの『王の決裁が必要な書類』だ。

どうせなら、ラブレターとか色気のあるほうがよっぽどいい。

内心うんざりしながらペーパーナイフを差し入れた。

神輿は軽くてバカがいい

財務卿からの書類など、税収か予算の話題に決まってる。開ける前からすでに気が重いんだが、覚悟を決めて届いた書類を開く。

橋の架け替え要求に関しての相談とある。その程度のこと、いちいち聞かずにやってくれと思いつつ読み進めると、どうやらいつもと勝手が違う。

財務官僚いわく、そもそも案件が多すぎるという点、類似性が多い点も気になるが、何より案件のすべてが、たどっていくと東の街にたどり着く、だと……？

特定の業者との癒着。ふむ、調査されたし、か。

……また面倒な案件にならなければいいが。

ところで王の決裁が必要な書類。こんなものが手元に届くようになった背景は、すこし説明する必要があるだろう。

――半年前のあの日、我がライフェルト王国はその正統な血統を永久に失い、滅亡した。

すべてはパトリック・リチャードソンなる帝国の将校が企《くわだ》てたとされるクーデターによるものだ。

しかし、たかが一将校がそのような大それた計画を実行できるはずもなく、我々はパトリックと現れた帝国兵についてオルレーヌ帝国に事情説明を求めた。

だが、その際やってきた全権大使が返した答えには唖然《あぜん》とするほかなかった。

「え……？　知らないってどういうこと？」

エリーが大使との会談議事録から目を上げて信じられない、とでも言いたげにつぶやいた。

まず、パトリック・リチャードソンと称する帝国軍の現役将校、ならびに王国に乗り込んできた帝国軍の部隊と称する集団について、国内照会の結果該当する人物、ならびに部隊は存在しないとされた。

すべてはそのパトリック何某《なにがし》の狂言ではないか、と。

あり得ない。あれほどの大部隊を個人の狂言ベースでお膳立てできるはずがない。明らかな責任回避だが残念ながら証拠がない。すこし思案したが、この際あえてそのシナリオに乗ってやることにした。

「狂言、と」

「左様にございます」

「パトリック何某は諜報武官だったと専《もっぱ》らの噂だ。それに身分を隠した貴国の兵士が、いまだに我が国に潜伏し転覆の機会をうかがっているとの情報もあるが？」

「それは全くの憶測でしょう。まず、我が国は現状変更を望んでおりません。主権国家としての理性と知性を持ち、国際社会に貢献したいと皇帝自ら語っているとおりであります」

「帝国は慢性的な農地不足だ。我が国の東部南部に広がる穀倉地帯はさぞ魅力的であろう？　かつては平原を求めて西進してきた経緯もある貴国だ。我々としては素直にはいそうですか、と納得できるものでもない」

「繰り返しとなりますが、我が国は現状変更を望んでおりません。そもそも貴国と我が国との間には、相互不可侵の条約が存在します。法と秩序を是とするこの世において、国同士の約束を違《たが》えることなど」

どの口がほざく、このペテン師め。

「確かに条約は順守しなければならないな。お互いに。……ということで狂言という表現は、帝国の正式な回答ということでよろしいか？」

「わたくしが全権代理の権限をもって、正式回答とさせていただきます」

背後でペンが素早く走る音が微《かす》かに響く。

「よろしい。つまり今回の一連の事件は王国内部を混乱に陥《おとしい》れるだけの情報力と、帝国の装備を模倣できるほどの資金力がある第三の組織の存在を強く示唆《しさ》するものだと、そういうことですな？　これはもう、両国にとって共通の深刻な脅威であることは間違いないでしょう」

そのとおりですな、としたり顔で頷く大使。ホッとしてるのがバレバレだぞ？

「今後は領内で見つけ次第、排除するしかないですなぁ」

「貴国の領内ならば、そうされるのが妥当かと」

「しかし困った。どうやって区別しましょうか。難しいでしょうねぇ。何せ精巧な模倣ですから」

「ふむ。確かに看破は難しいでしょうが、そもそも我が帝国の軍隊が貴国に侵入することなど万に一つもございませんから、問題ないのでは？」

「ああなるほど。言われてみればそうですな！　なら、そのような者が再び国内に現れた際には、守護竜が即座に対応するということにしよう。よろしいな？　全権大使殿」

「えっ？　守護竜殿が、でございますか？」

「我が領内のことだ。なにか問題が？」

「……いいえ、何もございません」

「よし、ならそういうことで。我が国は正体が不明な集団の跳梁《ちょうりょう》には毅然《きぜん》とした態度で臨む所存だ。今後とも帝国とは相互不可侵のもと、よい関係を保ちたいものだな――」


「なにこの結論。ウォーレナ。あなた、してやったわね」

　エリーが議事録から目を離すと可笑《おか》しそうに笑った。

　ということで今後は現状変更しようと仮に軍を出してきても、守護竜が出張るので実質何もできなくなった、ということになる。

『帝国の正規軍』か、『正規軍の精巧な模倣をする資金力のある集団』の区別なんて付かないからなぁ。なにせ精巧だし、きっと統率も取れているだろうから。

　とはいえ早急に内政を立て直す必要がある。

　まずは当面の安定化を図るため、クロエの眷属を派遣してもらうことにした。普段は人を疎ましく遠ざける翼竜の面々も、さすがに今回の事件には同情的だった。

それぞれの国境近くや砦、存命の貴族などへの監視と情報収集を行ってもらっている。

その間に王城の復旧、騎士団の再編成、臨時議会の招集などを手伝う中で慌ただしく時がすぎていった。


慌ただしさがひと段落したある日。

「は？　いまなんて？」

お茶をボケーっと飲んでいた俺に、宰相が呆《あき》れた顔で繰り返す。

「ですから、あなたがなされればよろしい。国王にはあなたが最適格だと申し上げたのです」

「えー、むりー」「や、お前やれー」などと綱引きをしていたのだが、いつの間にかあれよあれよと決まっていき数日後。

これは悪い夢なんだろうか。なんだか妙な気持ちだが、担《かつ》ぐ者が必要ならばそれを演じることもまぁ必要なんだろう。気持ちはわかる。

拠《よ》り所がなければ人は生きていけない。強き者は自らの腕を頼るのもいいだろう。だが民にはそれが必要なことは言うまでもない。守護竜との縁がある俺は、その立場として確かに適格なのだろう。

迷いもあったが、俺はその役割を演じることに決めた。

象徴君主制。難しいことは端折《はしょ》るが、守護竜と象徴たる君主は政治に関与せず、政府と議会、そして国民にゆだねる制度だ。
　それならやるよ、君主。と無理筋を言ったつもりだったんだが「それ、いいんじゃね」とばかりに大臣や宮中伯の連中が決めてしまった。ただ今までのように議会に握られるきらいがあったので、竜族の何人かに政府に入ってもらうことで抑止力を加えている、らしい。

「国王陛下、御出座ぁー‼」

　修理が終わり、再びその威容を取り戻した謁見《えっけん》の間に立つ。ただし今度は壇上だ。醒《さ》めるような赤絨毯《じゅうたん》の両脇には、顔ぶれがずいぶん若返った議員や貴族が居並ぶ。
　そんななか革靴と王錫《しゃく》の音も軽《かろ》やかに彼らの眼前に威風堂々と立つ。俺は象徴。彼らの規範であり、よりどころだ。どうせなら、憧れの存在でありたい。

「諸君、初代国王、ウォーレナ・グレンヴィルである！　いま、我が名において、新生ライフェルト王国の建国をここに宣言す！」

　間髪おかず鳴り響く拍手の嵐。「新国王万歳」の掛け声。いつまでもいつまでも鳴り響いて――

「そろそろ思い出しました？　御身《おんみ》の『お立場』ってやつ」

「わかった、わかったからその言い方やめろ、ギル」

「だから勝手に王城抜け出すのやめようって言ったのに。ギルもいい迷惑よね？　あーかわいそ」

今日は王城をこっそり出て、近所のダンジョンに息抜き……いや、メグとビル、双子の稽古《けいこ》を付けに行ったのだが、それがバレた。で、今こうして詰められている。

さっきから俺に説教かましてるこの男はギルバート。前職は北鷹《ほくよう》騎士団団長。俺が騎士団をクビになったあと、後釜に団長に据《す》えられた不幸な奴だ。先王が暗殺され新たな体制とした際、すべての騎士団はいったん解体した。その再編の中で彼は近衛騎士団長として、主に俺の身辺警護（不要なんだが）役としてそばについている。

どこまでも不幸な奴ということで『バッドラック・ナイト《不遇騎士》』とニックネームをつけられる始末。まぁその、がんばってほしい。

エリーもかつては同じ騎士団に所属していた。彼とも顔なじみどころか長年共に戦ってきた戦友だ。彼女にしてはめずらしい砕けた物言いも、俺たちの関係を考えれば自然なものだろう。

「もし何かあったらいろいろ面倒ですよ？　特に城のお歴々になんて言い訳するんです」

「いやだって王城の中、窮屈《きゅうくつ》だし。……あ、そういや」

「またそうやって話をそらそうとする」

「違う、大事な話だ。昨今王国内で不穏な動きがいくつか見られると言っていた件だが」

ギルバートはまさか本当に真面目な話をしだすと思っていなかったのか、慌てた様子で返事をする。

「あ、は、はい。皆かなり確度の高い話として挙がって来ております。が、騎士団が調査に向かうと何も出てこず」

「そりゃあ大人数で乗り込んだところで正々堂々行ったところで皆隠すわな……そうだ、いいことを思いついた」

「きっとロクでもないことでしょうが、なんでしょう陛下」

「ロクでもないってなんだよ？　不敬罪で縛り上げてやろうか？」

　自分の首を掴むようなしぐさを見せてやるとギルバートは大げさに慌てる、ふりをする。

「滅相もない。陛下に忠誠を誓っておりますれば……というわけでいいこと、とは？」

「俺が見てきてやるよ、不正の現場。んで必要があったら正してくる」

「うわ、想像以上にロクでもなかった。そんなの、ダメに決まってるでしょう」

　彼はわかりやすく迷惑そうな表情を見せる。これは演技ではなく本心だろう。

「一応偉いんだよな、俺？　言われ方ひどくないか？　……でも隠密行動するなら、多分最適格だぜ？　俺のパーティー」

　その言葉に腰に手を当ててため息をつく。とことん失礼な奴だ。

「陛下がふらふら行動したら、いったいどうやってお守りすればよいのですか」

「俺たち、警護必要？」

「……不要ですね。陛下が敵わないとすれば、大部隊の軍隊か……あるいは竜か神くらいのものでしょうから。そんな事態、もはや戦争です」

「なら決定。すぐ行くから。いいな」

「いやでもお待ちください、あなた様は」

「これは王命。いいな？」

「はあ……御意。くれぐれも無茶なさらないように。近衛は陰ながらお支えします」

肩をすくめたギルバートは、それ以上口答えすることはなかった。わがままな王様ですまんな。

――そんなわけでなんだか妙ないきさつで王となり、今度は王国の内情を調査、必要によっては粛清を行う旅をする。……そんな建前で、結局は王城が窮屈すぎて飛び出してきたというわけだ。

これも王国を支える一つのカタチ……別にいいだろ？　じいちゃん。

そして我々は、いち商人とその護衛の冒険者パーティーとしてこの街に入っている。宿屋の主人も、俺が代金に金貨を渡したところで比重を確かめやがったから、身分はバレてないと見て良いだろう。

当面は正体を隠したまま調査と情報収集。あとのミッションは……今夜のミミの猛攻をしのぎ切り、エリーの機嫌をいかにして直すか、かな。

この街の暗部

「盗賊の話だぁ？　……アンタ、なんでそんなことを聞きたがるんだよ」

エールをおごってすっかり機嫌の良かったオヤジだったが、盗賊の件を話題にした途端に訝《いぶか》し気に声を落とした。

夜の盛り場で聞けば何かわかるかと軽い気持ちで試してみたが、案外うまくいきそうだ。王都の記者だと告げると指をちょいちょいとするもんだから、銀貨を握らせたら小声で話し出した――

「――すべてが本当じゃとすると、ひどい話よの」

部屋に戻り聞いたことを皆に伝えると、クロエが開口一番苦々しくつぶやいた。この国を守護する立場の彼女にとっては、まさに聞き捨てならない内容だったに違いない。

「すべて子爵の差し金だというの!?　自身の領民をなんと思っているのかしら」

エリーは気色《けしき》ばんだ。

盗賊の正体は子爵の私兵だという。この街の商人を中心に、郊外で襲わせ金品を奪っているらしい。

「なんで領民から奪うんだろうね？　自分の領地を豊かにしてくれる人たちでしょ？」

ライザがまっとうな疑問を口にする。俺も思わず口にしたことだ。

「正確なところは本人に聞くしかないが……どうも死なない程度に搾取しているらしい」

「というと？　……はい、ミードよ」

エリーが蜂蜜酒《ミード》のジョッキを皆の前に置きながらこちらを見る。

「おう、ありがとうエリー……うん、毎度襲うことはしないそうだ。適当に間隔を空《あ》けて、逃げ出さない程度にするということと、よその商人には一切手を出さないということ」

そうやって廃業してこの街を出ていく、というほどまでは絞らない。

実に狡猾《こうかつ》なやり口だ。

「けれど例外もあった……というわけですわね」

めずらしくエルザが感情を殺したような声色《こわいろ》で語った。

「そう。例外がひとつだけある。とある商人についてだ」

――その商家はこの街では大店《おおだな》と言ってもいい規模を誇っていたという。過去形なのは、すでにその店はこの街に存在しないからだ。

子爵はそこの一人娘にひどくご執心だったようだ。ことあるごとに気がある素振りをみせていたようだが、残念ながらその想いが報《むく》われることはなかった。

彼女にはすでに心に決めた男がいたのだ。若く有能なその店の番頭。

ある日子爵の命により、とある品を取り寄せることになっていた。

それはとても貴重で高価な品であったという。主人は信頼も厚く将来の娘婿となるであろうその番頭に、子爵の館に届けるよう頼んだ。よくある話だ、何の問題も起き得なかった。

だが、事件は起きてしまった。

番頭は姿を消した。品は期日になっても子爵の館には届かなかった。悪いことにその品は子爵にとっての重要な宴席に、必要不可欠な品だったそうだ。

すっかり顔をつぶされた形の子爵は、その商家に損害の賠償を要求した。高価な品の代金は当然入らない。しかし多額の賠償金は支払わねばならない。同時期に潮が引くように他家からの取引が途絶えた。その商家は途端に窮地に追い込まれたようだった。

その後どういういきさつか、娘が子爵の館に入った。その後店は何とか持ち直したそうだが、悪いことは続くものだ。

番頭の亡骸が近くの浜に打ち上げられたとの知らせが入る。時間が経ち、ずいぶん傷んでいたようだが、着衣に自然にできるはずのない傷が多数あったようだ。

それを知った主人が子爵に面会を申し入れるも叶わなかった。入り口で長い時間押し問答をしていた様子を、街の人々が目撃している。

ある夜、その商家は賊の襲撃を受け、主人とその妻は惨殺された。

両親と番頭の死を聞いた娘の心境はいかばかりだったろうか。子爵の館に設《しつら》えられた、海を一望できるテラスからその身を投げたという。遺体は数日後、番頭が揚がった砂浜に流れ着いたらしい――

「……体中、ひどいアザだらけだったそうだ」

館に入ってから、娘はどれほどの凌辱《りょうじょく》を受けたのだろうか。想像するだけで身につまされる。

「ひどい……」

メグが絞り出すように一言発した。ビルが彼女にそっと寄り添うと、手を取り合って互いを気遣う様子を見せる。

隣のエリーは俯いて静かに聞いている。彼女の肩にそっと手を添えると弾かれたように険《けわ》しい表情でこちらを見つめたかと思えば、静かにひとすじ涙を流した。

「王が貴族に課している税が重すぎるためにやむなくやっている、なんてデマも流れてるわ。領主も悪いがもっと悪いのは王国、だそうよ。大変ね、ご主人様も」

ライザが市場で聞いてきたらしく、忌々し気に語る。

「現王は好色だからって、若い娘は人さらいを恐れて家から出てこないっていうわ。アタシも早く戻れって言われたくらいだし。『嬢ちゃん可愛いから、連れていかれちゃうよ。早く帰んな』だってさ。愚王、好色王、簒奪王……ひどい言われようよ、どうする？　へ・い・か？」

なんで嬉しそうなんだ、お前は。

「好色ってところは否定できないところもあるもんね、ダンくんの場合」

ミミが意地悪な視線を向けてくる。

「冗談。全否定だっ。……さて、子爵はうまく怒りの矛先をかわしているようだ。悪知恵の働く奴のようだし、これはますます放置できなくなったな」

　エリーが力強く頷く。

「このままにすれば、犠牲者がまた増えるかもしれないわ。……先ほどの商家のような」

「以上が子爵に対しての噂のすべてだ。明日調査を重ねて判断しよう。皆、頼んだぞ」

◆◆◆

　翌日。同じように集まった場で、ミミは薄めた蜂蜜酒《ミード》のジョッキを美味しそうにあおると一息つき、口を開く。

「ふう。おいしーね、これ！　えと、お昼すぎから屋敷を調べてたんだけどさ。カンペキに黒！真っ黒だよあそこ」

「具体的に何かわかったのか？」

「いやだってさ、この間のフリフリお嬢様を襲ってたどスケベ連中！　アイツらが屋敷の中にいたんだよ。腕やら足やらに包帯巻いてて痛々しかったけど！」

　治療が行える魔術師というのはそう数がいるわけではない。

　魔法に頼らない治療法としては、魔力を練りこんだ膏薬を患部に塗り、包帯を巻いて数日、ってのが一般的だ。

　あのときの連中が子爵の屋敷に。衛兵たちは支配下なのかもともとグルなのか、ってことだな。

ますます市街の盗賊のほうも、子爵が断然怪しくなってきたわけだが……。

「次は、我らの時間かのお？」

今度は先ほどから大人しくしていたクロエが口を開いた。

「ん？　そう言うってことは、確信めいたネタを持って来たってことか？」

「ふふん。真打は最後に、ってね！　今日も郊外で盗賊被害があったことは知ってるわよね？　アタシら見たのよ。……って襲われた直後だけどね。んで見た感じケガもなさそうだったから、二手にわかれることにしたの。アタシが商人を救護して、お館様が盗賊の後をこっそり追ったわけ」

ライザが腕を組んで指を振りながら得意げに話す。しかしこれには驚いた。

「襲われた連中には気の毒だが、その場で倒さないなんて。お前たちにしてはいい判断だったかもな」

途端にクロエが渋い顔をする。

「ほめられた気がせんのは、気のせいかのう？」

「ほめてるさ、もちろん！　で、連中の行き先は？」

「うむ。空から追ったらまあ立派な屋敷に入ったのでな、だれの持ち物かのうと辺りを窺《うかが》っておったらほれ、木陰《こかげ》に見慣れた尻尾が見えたわけじゃ」

そう言ってクロエはミミの尻尾をペロンと持ち上げる。「ひゃっ」とミミが背筋を伸ばす。

「そ、そうなんよ。突然背後から『おぬし、なーにやっとるんじゃ』なんて声を掛けられたもんだからびっくりしたってゆーか、偵察中に背後取られたの、何気に初めてだから地味にショックってゆーか」

「つながった！」

　エリーが元気よく立ち上がった。

「ああ。これで、領主であるトラントフ子爵がすべての黒幕ということで確定だな」

　見渡すとみな一様に頷いてくれる。まあ付き合いもそこそこ長い。俺の考えてることなんてとっくにお見通しだろうけどな。

「じゃあ明日は殴り込みだ！　いくぞてめーら！」

　……掛け声は見事にバラバラな、なんとも締まらないものとなったのは言うまでもない。

新たな力（というわけでもない）

翌日。トラントフ子爵の屋敷前には何とも奇妙な集団の姿があった。

「なんだ？　ここは子爵様のお屋敷。観光地ではないぞ！　さあ、帰った帰った」

突然訪れた珍客に、子爵家の者たちは苛立ちを隠さない。

「ああ。火急の用向きにて、卿《けい》にお目通りを願いたい」

「はあ？　子爵様がお前たちのような者……まぁ、女どもとはお会いになるかもな」

エリーに視線を送り、途端に下卑た笑みを浮かべる。

「そっちの都合はどうでもいい。入らせていただく」

「ま、待て！　お前たちのような者が入れる場所ではない！」

「問答無用、押し通る！」

剣を居合いで抜き放ち、門扉に切りかかる。鉄製の格子扉はあっさりと真っ二つとなり、大きな音と砂煙を上げながら倒れこむ。

門番の男は悲鳴を上げ、その場で腰を抜かした。

騒ぎに応じてか、脇の質素な小屋から使用人風の者がわらわらと飛び出してくる。

「トラントフ卿、火急の件につき至急面談を求める！」

呼応するかのように玄関の扉が激しく開け放たれる。

「いったい何事か⁉　……ん？　だれだ貴様ら」

「やあ、トラントフ卿。ちょっと話を聞かせてもらいたいんだが」

　そういってビルが緊張の面持ちで掲げる旗を指さす。

「りゅ、竜と鷲の紋章……⁉　まさか、あなた様は」

「こちらにおわすお方をどなたと心得る！　新生ライフェルト王国初代国王、ウォーレナ・グレンヴィル陛下にあらせられるぞ！　皆の者、頭が高い！　控えよ！」

　ライザが声を張る。もともと竜族の持つ力のせいだろうか。皆一様に膝を折り、首を垂れていく。……やべ、これ癖になるかもしれん。

「よい。みな面を上げよ。……さて、トラントフ卿。早速なのだが質問に答えてほしい。最近街の周辺で出没している盗賊。存じておられような？」

「も、もちろんです。私としても心を痛めている案件。衛兵と協力し早急に」

「その首魁《しゅかい》、貴公であろう？」

「……は？　陛下。おっしゃる意味がわかりかねますが」

「そうか、ならば説明しよう」

　淡々と経緯と容疑を説明する。途中トラントフ卿の顔色が赤くなったり青くなったりと忙しい。

「――以上が貴公に掛けられた嫌疑《けんぎ》とそれを立証する証拠だが……なにか申し開きはあるか？なければ、このまま近衛騎士団に引き渡すが」

「冗談じゃない！」

トラントフ子爵の意外に良く通る声が、中庭全体に響きわたった。

「なぜ私が捕らわれなければならない？　私は貴族であるぞ！　貴族領は自治が認められている。いくら陛下とはいえ、手を出せるはずもない！　ふん、そもそも陛下の偽者ということも十分考えられる。……そうだ！　考えるまでもないではないか。こんな田舎に陛下がお見えになるなぞあり得るはずもない。貴様、さては偽者だろう？　そうか、それなら合点がいく！　皆の者、こやつら陛下の名を騙《かた》る偽者だ！　命令だ、こやつらを殺せ！」

うおお、一気にまくし立てたと思えば偽者認定されちまったよ！　まぁ認めれば捕らわれるってんだから、現実逃避ついでに博打《ばくち》を打ちたくもなるか。仕方ない。

周りには百人は優に超えるだろうか、冒険者崩れや子飼いの私兵だろう。みな得物を手にあっという間に俺たちを囲う。数の上では圧倒的だ、そう思っているのだろう。

連中は余裕の笑みを浮かべ、じりじりとその包囲を狭めようとしてくる。

「おやおや、連中やる気じゃぞ。いかがする？　主よ」

クロエが楽しそうに尋ねてくる。っていうか、ハナからやる気だよな？　聞くまでもないだろう？

俺はゆっくりと剣を抜き放ちながら皆に発する。

「是非もなし、これより掃討を開始する。目標は殺すな。残りは任せる。エルザ、双子を頼む。各個、任意にこれを排除せよ」

「そうこなくっちゃ。久々に、暴れますか！」

ライザが手を打ち鳴らし、気合いを入れた。

ちょいちょいと手招きをしてやると血の気が多いのか、一番槍とばかりにかかってきた相手を一刀の下に切り伏せる。

「悪党に掛ける言葉などないが……とりあえず、これだけは言っておこう」

ゆったりと正眼に構え、一段上がった先の敵……トラントフ子爵を見据える。目が合うと奴は一瞬たじろいだ。

「死にたい奴から掛かってこい」

喧噪《けんそう》が弾ける。戦闘が、始まった。早速、数人が一斉に斬りかかってくる。だが。

「まるで素人だな」

一筆書きの要領で斬りつけるも、相手は躱《かわ》すどころか打ち合うことすらできずに沈んでいく。寄せ集め以下のレベルに辟易《へきえき》とする。

崩れ落ちる敵を蹴りつけて続く敵にぶつけるとあっけなく怯《ひる》む。蹴った奴ごと串刺しにする。打ち込んでくる奴もいるがこちらのほうが速い。切り上げて軽く当てて弾いたところで剣を返し袈裟《けさ》切りに。ほんの息をする間——十分すぎる時間だが——十数人が倒れている状況に恐れをなしたか、次のお客さんがやってくる気配がない。

「おらどうした腰抜けども！　闘《や》る気がないなら武器を捨てて壁際にでも座ってろ！」

「何やってる貴様ら！　あ、アイツがリーダーだ、アイツさえ倒せば終わる！　褒美は弾むぞ、一斉に掛かれ！」

その子爵の言葉に残りが半分に割れ……だいたい五十くらいか？　円陣を組み、ずんずん輪を狭めてくる。

最前面は盾を構えている。こんなの、一斉に来たら同士討ちになると思うんだが……。

「兄さん気を付けて！　連中、弓と槍を準備してる！」

エリーが円陣の外から叫ぶ。なるほど、離れた距離から一方的に殴りたいわけだ。これはちょっと手が出ないな。そうこうしているうちに盾の間から一斉に槍が出てきた。いわゆる槍衾《やりぶすま》という奴だ。

「これならどうかな？　陛下の名を騙る偽者よ。弓矢の雨と槍での串刺し。どちらでも好きなほうを選ぶがよい」

「どっちも御免こうむりたいもんだな」

確かにキツイ状況だ。槍のほうがリーチの長い分、こちらの剣は届かない。おまけに盾も構えている。致命打を与えることは難しいだろう。

上空から弧を描いて降ってくる矢も厄介だ。俺自身盾を持ってないから、防ぎようがない。

「さあ、覚悟は決まったか？　……かかれ！」

「兄さん‼」

エリーの悲鳴が遠くで響く。

槍衾からは槍が突き出され、無数の矢が襲い掛かる。

技のために意識を集中。時の流れが遅く感じる。子爵の高笑いが引き延ばされ、間延びして聞こえる。

　剣を正面に構え、さらに集中する。周囲の音が聞こえなくなる。耳鳴りが響く。だが不快ではない。

　クロエ——南天の古竜。その加護を意識する。詠唱は要《い》らない。必要なのはイメージ。

　彼女の根源、風の力。そこに加護を通じてリンクする。力の流れを感じろ。身体を通して剣に伝える。自らの力が高まるのを感じる。それに合わせて、自身も淡く輝きだす。

「——竜術〈ドラゴニック・アーツ〉中伝……黒風《こくふう》」

　ただ無心。腰を落とし、剣で水平にすうっとなでる。一瞬の間の後、音が戻り、時が加速する。

　地面からわずかに雷のようなスパークが閃く。それは瞬く間に勢いを増し腰の高さ、人の背を超え天高く光の枝を伸ばす。同時にそよ風はたちまち突風となり円陣を、中庭を包み込み我々から光を奪う。

　暗闇の中、暴力的な雷撃は轟音とともに周りの敵をことごとく打ち据え、風は無数の矢を彼方へと連れ去っていく。

　時間にしてわずかのとき。しかし突風が晴れた後に残されていたのは、さまざまな箇所に火傷を負い、あるいは痺れて動けず倒れる数十人の敵。そして。

「なっ、なっ……なんだ、なんなんだ、これは！」

　無事でいるのは屋敷の玄関前に呆然とへたり込むトラントフ子爵の姿のみ。中庭に立っている者は俺一人だった。

「うまく使いこなせたではないか。さすがは主、いや感心、感心」

　クロエがのんびりとした口調で拍手しながら近づいてきた。彼女の背後にはすでに片付けられた敵の残りが累々と倒れている。

「ロクに練習してなかったから、ちょっと使えるか心配だったんだけれどな」

「我はちーっとも心配しておらなんだぞ？　あとは発動時間の短縮じゃな」

　とてとてと目の前まで歩いてきた彼女が、俺を見上げて満面の笑みを見せる。

「相変わらず厳しいな、クロエは」

「……ようやったの。ウォーレナよ」

　今度は母のような、あるいは姉のような。慈愛に満ちた微笑みを返してくれる。クロエのこの表情、なんだか胸の奥が温かくなるんだよな。

「に、兄さん！　今のって」

　エリーが急《せ》き込むように聞いてくる。確かに騎士団で戦う中でも見せなかった技だからな、驚くのも無理はない。

「ああ、あれな。あれは」

「はーっはっは！　驚いたか娘よ。あれこそが我が眷属の力、『竜術〈ドラゴニック・アーツ〉』じゃ！」

　クロエが腰に手を当てドヤる。やけに嬉しそうじゃん。

「すごい……そんな力、いつの間に使えるようになったの？」

「えーっと、今回の旅に出る直前に……ちょこちょこっと練習して？」

頬を染めてやけにグイグイ来るもんだから、ついついドギマギしてしまう。

「まあ知りたいことは沢山あると思うがー、まずは片付けんといかん方から先に済ませてみてはどうかの？」

クロエが屋敷の玄関のほうに視線を向け、顎をしゃくる。そういえばとばかりに俺たちは今回の元凶に向き直った。

思惑、うごめく

「さてトラントフ卿。貴殿は敗れた。速《すみ》やかに縛に就《つ》かれたい」

トラントフ子爵はしばらく押し黙っていたが、ひときわ深いため息を一つ付くと小さく頷いた。

「さすがは竜を統べる者《ドラゴンマスター》といったところか……完敗だ」

ようやく罪を認める気になったのか、そのまま抵抗することなく捕縛され移送された。

「今回は私、出番無かったわね」

その様子を傍らで見ていたエリーが隣で笑った。

「そうでもないさ。下調べでいろいろ動いてくれたじゃないか。助かったよ」

「そ、そう？　じゃあご褒美。忘れないでね？」

「ウチもだかんね？　何にしようかな～？」

そこにミミがエリーの背に覆いかぶさるように顔を出した。

エリーがよろめきつつも妖怪おんぶ狐に対し文句をつける。

「ちょっとミミ、重いっ」

「えー？　いいじゃん。てか重いって何気《げ》に失礼じゃね？」

「重いんだからしょうがないじゃない、っていうか暑苦しいからさっさと離れ……っ！　あっ、ひゃあっ、ちょっとどこ触ってんの」

「えー？　にひひー。いいじゃん、毎晩誰かさんにいっぱい触られてるんでしょー？　ちょっとぐらいへーきへーき」

「よくないぃっ！　それに触られてもないからっ、も、もうやめっ、やめてぇ」

　いやあ、二人とも仲良くなって、ホント良かったなぁ。余計なものは見ないよ？　何たってボカァ王国紳士だからね。


　ひとしきりじゃれ合っていたが、最後はエリーがしびれを切らせて尻尾を掴んだところで大人しくなったようだった。

「し、子爵がいたのでお話を中断せざるを得ませんでしたが……すばらしい技ですね、『竜術』というものは」

「ん？　そうじゃろう、そうじゃろう。我と眷属の一部しか使えぬ秘術じゃ」

　エリーの質問にまんざらではない様子のクロエだが、この後の展開がわかりやすすぎて今から噴き出しそうになる。

「あの、どうして今のタイミングで使えるようになったんですか？」

「えっ⁉　いやー、そのー……うん、あれじゃ！　ありていに言うとじゃな」

　エリーの問いかけに途端に目が泳ぎ出す伝説の古竜様。装甲が紙すぎる。

「クロエ様……？」

「ええい、もう、ままよ！　使い方教えるの、忘れとった！　あはは！」

「わすれ……てた？」

「いやぁ、契約をした辺りで教えてたつもりだったんじゃが。あのときはその、いろいろゴタゴタしとったじゃろ？　すっかり忘れとったんじゃ、教えるの。……えへっ♡」

「えへっ♡、って何なんですそれ……」

　エリー……クロエの動きまでトレースしなくてもいいんだぜ……？

　しかしクロエがやったら腹が立つだけのあざとムーヴも、エリーがすると破壊的に可愛いのはなぜだろう。

「まあまあ、今はこうやって使えるようになったんじゃからいいではないか～。いや昔からおかしいとは思っておったんじゃよなー？　『なーんで主は竜術を使わんのじゃー？』とな。いや、使わんのではなく知らんかったとは。いやはや参った参った！」

　あっはっはー！　と開き直って高笑いするところ、やはり相変わらずな俺様クロエ様だった。

「でも竜術って、翼竜でも使える者は限られているのですよ。私やライザも使えないくらいで。それなのに人の身でありながらそれを成すなど、やはりご主人様はすばらしいですわ。尊敬いたします」

　エルザがキラキラと瞳を輝かせながら褒めてくれるの、控えめに言って大好きだ。時々でいい。そうやって思いっきり甘やかしてくれ……！

「そうだよねー。これもしかしたら、ご主人様の種を貰ったら竜術を使いこなせる子供が生まれるかもね？」

んんっ？　ライザ、そういう話題は、ちょっとおじさん、苦手だぞ？

「あらライザ。あなたそんな打算でご主人様にお仕えしているというの？　私はそんなことにかかわらずお慕《した》い申し上げているというのに」

「まーたそうやってお姉ちゃんすぐいい子ぶるー！　どのみち種はもらうんだから、どうせなら強い子がいいっていうのは女としては当然でしょう？」

「うーん、そう言われれば確かにそうね……ふふっ、楽しみになってきましたわね」

エルザ、そこで納得しないで……！　それに展開が、不穏……！

「はあ、もう……。ところで、他にもあるんですか？　竜術？　って……」

エリーは一瞬困ったような表情を見せたため息をついた。気になることでもあるのだろうか。相談に乗れるものなら、あとでそれとなく聞いてみるか。

「ん、まぁまだあるぞ？　我が与えられるのは風属性だけではあるが、単体特化とか設置型とか。それに威力についてもさっき主が使ったのは中伝。さらに奥《おう》伝、皆《かい》伝、極《ごく》伝と続くの」

「魔法とは別物なのでしょうか」

さすがエリー。自身も魔法を操る者として、探求心がもたげてしまったか。俺は気にも留めなかったのに。だが、これは簡単に終わりそうにない話なんじゃないのか……？

「うむ。結果としての現象は元素魔法と変わらんのじゃが、作動機序が異なっておっての。おぬしらが用《もち》いる魔法とは、術者周囲に存在する『いわゆる魔力』と呼ばれるリソースを用いるのに対し、竜術を始めとする……ってなんじゃ、主」

「その話、すぐ終わるか？」

「んー……終わらんな。エリーよ。すまんが続きは夜じゃ」

独り言で「人の身でどこまで耐えられるか、楽しみじゃのう」などと物騒なことを言っているので、ほどほどにしてもらおう。そうしよう。しかしそういうの、聞こえないように言おうな！

「若い頃に知っていれば、もうすこし仕事が楽だったかもな。ホント肝心なところが抜けてるよな、クロエは」

「なぬ？　せっかく教えてやったのに何じゃその態度は！　もう教えてやらんぞっ」

そんなこと言いつつも、しばらくすると別の技についての説明を始めるんだから、よほど俺が竜術を使えることが嬉しかったのだろう。


その後、駆けつけた近衛騎士たちに邸内をくまなく調べさせた。

「ホント、正直ショックですよ私は」

来るなりギルバートがぼやきだす。

「なんだよ来るなり。開口一番愚痴ってのは、気分悪いんでやめてもらえますか」

いきなり不機嫌なギルバートくんに抗議を入れるも、ご本人は怯《ひる》む素振りもない。

「いや言いたくもなりますよ。来たらあらかた終わってるんですもん。そりゃね、陛下たちが強いのは十分、ええ、じゅーぶんわかってはいるんですけれどもね？　ちょっとは我々もいいとこ見せたいかなっていうかね、アイデンティティってやつがね」

あれ、コイツ案外面倒な奴だな？

「あー、うん。じゃあほら。次はしっかり働いてもらうから。それならいいだろ？」

「本当ですかぁ？」

「本当、本当。んじゃ、早速今日の調査の結果、聞かせてもらおうかな⁉」

言葉のとおり気を取り直して、という奴だろうか。それからはいつものギルバートに戻った。

上がってきた結果によると、郊外で盗賊を使っていた証拠となる書きつけ、窃取《せっしゅ》した商人の荷物の目録、外部の商人との取引記録などが見つかったという。どうやら盗品をそれとわからないようにして横流ししていたようだ。強奪された商人に来てもらって盗品の照合と実行犯の人定《じんてい》をすれば裏付けも取れるだろう。

「しかし、いくら考えてもやっぱりわからないのが物盗《と》りの対象ですよ。領内の者だけ、というのがどうにも腑に落ちなくて」

ギルバートが首をひねりながら疑問を口にする。

「それは領民でない者を襲えば他の貴族が調査に乗り込んでくるからだろう？」

俺の言葉にエリーが反応する。

「それはそうかもしれないわ。けれど領民から奪えば領地は痩せるし、商人だったら別の街に逃げ出してしまう恐れもある。そもそも割が合わないのよ」

「ああ。それは俺も考えた。長期的には悪手にすぎる行為を、奴はなぜ実行したのか。その理由がわからない。……ってギル、その手にあるのはなんだ？」

「あっ、そうでした。暖炉の中に落ちていたのですが気になって」

「……紙の切れ端がどうした？」

「ええ。ここ、見ていただけますか」

パッと見、ただの燃えた紙の切れ端。だがギルバートが指さす先に、何やら紋章が刻まれていた。

「これは……帝国の？」

「ええ、連中が公文書に用いる紙、ですねこれは」

残念ながら肝心の書きつけの部分はすべて燃えており、判別できるのは紋章のみだった。

「この際、内容は置いておこう。問題は、この紙がなぜここにあるか、だ」

財務卿から届いた橋の一件といい、今回の件といい、どうにもきな臭い。

短期的に荒稼ぎすることが目的だったのか？　領地を焦土にするという、デメリットがあまりにも多い手段で？

トラントフ子爵家の財務状態も調査する必要がありそうだが……。

「もしかしたら、案外この燃えカスが関係しているのかもな」

ギルバートの手に載せられた紙片に、周りの者の視線が一斉に注《そそ》がれる。

悪事を働く貴族への懲《こ》らしめのつもりで始めた今回の件。意外な方向に転がる予感に、暗澹《あんたん》たる気持ちとなった。

◆◆◆

——豪奢《しゃ》な馬車が、夕闇迫るレイオットの街をゆっくりと走る。

「すまん、通りすぎてくれないか」

目的の屋敷にそろそろ着こうかというところで、近衛長が御者に停《と》まるなと命じた。馬車はそのままのスピードで目的地であるこの一帯を支配する領主——トラントフ子爵の屋敷を素通りする。

「どうかしたのですか？」

「恐れながら姫様。すこし様子がおかしいもので」

「様子が？　何か気になることでも？」

外の様子を気にするように窓枠に手を掛けたとき、近衛長が制止する。

「いけません、馬車からお顔をお出しになりませぬよう。……門扉が外されています。また先日と門番の様子が違います。それに数も多い。本日の会談は中止いたしましょう。……ブリゼ少尉」

　近衛長が私の隣に座る、町娘に扮したベリータに目を向けた。

「周辺の調査を命ずる。我々はいったん宿に戻る。報告はそこで」

「了解」

「ベリータ。くれぐれも気を付けるのですよ」

「ありがとうございます、シルヴェーヌ殿下。これも任務ですので。では」

ベリータはニコリと一度笑った後、近衛長に頷く。すこし離れた場所で止めた馬車からスルリと降りると、あっという間に街の雑踏に消えた。

イザベル・オシュデ・ブリゼ——ベリータは物心ついたころから私の護衛を担当してくれている。参謀官僚を父に持つ、帝国軍の少尉だ。

もともとブリゼ家は歴代優秀な士官を輩出する、由緒ある武官の家。

けれども私は彼女のことを一度もただの護衛部隊の一員と思ったことなどない。かけがえのない大切な友人。ベリータは大事な、唯一心を開いて話せる親友なのだ。

「シルヴェーヌ殿下。あまり感心しませんな」

「なんです？」

「少尉のことです。あまり深入りされませぬよう」

ああ、あなたが言いたいこと、わかってましてよ？　近衛長。確かに彼女は貴族とはいえ所詮子爵の二女。おまけに士官になりたての少尉《ルーキー》。私とは立っている場所がそもそも違うと、そうあなたはおっしゃりたいのよね？

……オルレーヌ帝国、第二皇女。シルヴェーヌ・シャルロット・バーデル。この名前と肩書、捨てたいと思ったことは一度や二度ではありません。

ですがそのたびに支えてくれたのが他ならぬベリータなのですから。そう易々と、なかったことにできる関係ではないことくらい、あなたにだってわかるでしょう？

「――忠告ありがとう。もっとも、あなたに言われないまでも、皇女としての分別は持っているつもりでしてよ」

　流れる車窓から街の様子をぼんやり眺める。こんな辺境の田舎街でさえ、あのように治安の悪い状態だとは。……先日は助けが入らねば、危うかったかもしれない。

「しかしこの街の治安は、いったいどうなってるのかしら」

「は、それにつきましては、面目次第もなく」

「ああ、別にあなたを責めているわけではありませんわ。不意打ちで麻痺毒など、想定するのも対処するのも難しいでしょう。それに元はと言えば私が無理を言って手勢を従えずに夜の街を回った結果ですから。実際あなたたちはよくやってくれています」

「そんな、恐れ多い。街の真の姿をご覧になりたいというそのお心こそ貴《たっと》い。まさに上に立つ者の心構えといえるでしょう。今はそのお言葉だけで十分」

「治安も大事ですが、根底にあるのはこのような状態を放置している政治。それこそが問題ですわ。……やはり噂は本当だったと言わざるを得ないでしょう」

「おそらくは。早急に計画を進め、民を救わねばなりませぬな。これはシルヴェーヌ皇女殿下。あなた様にしか成し得ないことでございます」

　やはり愚王を育《はぐく》む地からは、愚王しか生まれない。

　元凶を打ち倒さねば、王国の民を救うことは敵わない。せいぜい惰《だ》眠を貪《むさぼ》っているといいわ。

与《くみ》しやすい相手であるほどこちらに有利となる。

いまだ見ぬ愚王の姿を思い描きつつ、その首を刎ねる日を夜ごと夢見る。

「……ウォーレナ……グレンヴィル」

——馬車は土煙だけを残し、夜の帳に消えていく。

幕間　古城の幽霊

予定より時間が掛かり、今回は小さな村で宿を取ることとした。小さく古い宿だったが小綺麗で手入れが行き届いていると感じる。

一階の食堂で夕食を取っていると隣のテーブルから話し声が漏れ聞こえてくる。

「今日も、見えたか？」

「ああ……今日も変わらず、火の玉が見えた」

その声に素早く反応したのは、エリーだった。彼女は「火の玉？」とつぶやくとやおら立ち上がり、話をしている彼らに向かってこう切り出した。

「亡霊の類《たぐい》でしょうか？　そのお話、くわしく聞かせていただいても⁉」

こういうときのエリー、めちゃくちゃイキイキしてるんだよなぁ……。

「古城の亡霊……ですか」

エリーは彼らの前に座り、言葉を真剣に聞いている。

「ああ。ずいぶん古い城なんだが、ここ二十年ほどは主がいないって話だ。そんな城に二、三週間前から妙なことが起きてるってことで、村の連中の中じゃ有名な話さ」

「すこし前に入った冒険者が姿をくらましてるんだ。だからきっと何かの事故で命を落とした冒険者の霊なんじゃないかって」

「火の玉が出るだとか、山中から不気味な悪魔の笑い声が響くとか、普段人気のない城のテラスに人が立っていたとか、ほかにもいろいろあるぜ？」

村人たちは口々に状況を話してくれるのだが、いまいち要領を得ない。これじゃあ幽霊なのか魔物なのかもよくわからない。

「なるほど、わかりました」

え、わかったの、エリー様？　さすが司祭様。

「何が起きているかはわかりませんが、皆さんがお困りだということはわかりました！　早速だけれど、兄さん！」

「んあ？　はい？」

わかっとらんのかい⁉　って突っ込み入れようとしたら逆に声を掛けられたので調子が狂った。思わず間抜けな返事になってしまう。

「亡霊の、魂の救済に参りましょう！　今から行きますよ、さあさあ」

「い、今から？　だってもう日も暮れて――」

「何言ってるんですか兄さん」

するとエリー、腰に手を当て、呆れた様子で言い放つ。

「亡霊が昼間に出てきてくれるとでも？」

結局、エリーに押し切られる形で古城に赴《おもむ》くことになった。といっても村人がたまに掃除に行くくらい気軽な距離。ちょっとした夜のピクニックといったところだ。

ただもちろん、昼の散歩とはわけが違う。夜行性の獣や魔物には気をつけねばならない。それくらいの注意は払っていかねば。

今回はクロエとエルザは留守番だ。なおライザも最初は来ないつもりだったようだが、ビルに連行される格好でついてきている。

ちなみにクロエは、「もう風呂に入って酒を飲んだから、子供は寝る時間じゃ」などとわけのわからない理由付けで部屋に引っ込んでしまった。

都合のいいところだけ少女ムーヴかましやがって。子供はそもそも酒飲まないんだよ。

「ゆ、ゆゆ幽霊なんて、冗談なんでしょ？　へ、へへへ。村人たちも冗談がす、好きなんだから……」

膝が笑ってるぞ？　大丈夫か、ライザ？

「ねえ、ライザ姉ちゃん。もしかして幽霊怖いの？」

疑惑の視線を投げかけられたライザは大いに慌てる。

「そぉっ⁉　んな、んなわけないじゃーん。やだなぁ、な何言ってんのビルぅ！」

などとやたら明るく振舞いつつ、ビルの背中をバシーンとひっぱたく。

「ぐはっ。てて……や、だって目茶苦茶怖がってんじゃん……」

ミミにはその夜目を生かして先行してもらっている。何か異常があれば知らせてくれるはずだ。

優秀な斥候《スカウト》の存在はありがたい。

　しばらくは虫の声と、俺たちが地面を踏みしめる音だけが響く。静かな夜だ。

「あ……お師匠。あれ」

　崖の上にそびえる古城。漆黒のシルエットとして夜空に浮かび上がっているが、そのたもとにゆらゆらと何やら光るものが。

「ひっ、ひぃぃぃ……！」

　ライザが腰を抜かさん勢いで俺の腰にしがみつく。

「ちょちょ、歩けないじゃないか」

「帰ろ？　ね？　帰ろうよぉご主人様ぁ」

「何言ってんだよ、まだ来たばかりじゃないか……」

　ライザが腰にしがみついたまま、何とも情けない表情でこちらを見上げる。

　幽霊が怖いとか、とても最強の名をほしいままにする竜族の、一翼を担う者の振る舞いじゃあないな。

「きゃっ、な、何の音ぉ!?」

　ぴょんと飛び上がってライザがさらにしがみついてくる。

　や、だからさ。俺より歳を重ねた生物としてのベテランなんだからさ、もちょっと落ち着こうよ、な？

「風で木の葉が揺れてる音だろ……」

城へと続く細い道はいつの間にか崖に面していた。眼下を見おろせば漆黒の闇。すこし離れたところに我々が宿泊している村が暗闇の中にぽつりと、だが頼もしい灯が見て取れた。視線を道の先に戻ししばらく進むと、こちらに背を向けて城の様子をうかがっている格好の人が見えるのに気づいた。

「あれ……。どうしたんだ？」

「なに、兄さん……あら？　……人？」

「えっえっ、なに幽霊⁉」

「アホ。人だよ」

脊髄反射で慌てだすライザの額にデコピンを食らわせてから、先の人物に話しかけてみる。

「おい、アンタ。なんでそんなところに？」

すると、様子をうかがっていたらしい人物が驚いたようにこちらを振り返った。女性のようだがあの恰好は……？

「なんだ、ご同輩ってところか。どうしてまたこんなところに」

冒険者然とした女性はホッとしたように表情を緩ませ、立ち上がった。

「救援部隊の方ですか⁉」

救援？　何のことだ？

「村の連中に聞いて今から上の古城に向かうつもりだったが……状況は？」

嘘はついていない。

「ああ、神よ……。夫が……野盗に捕らわれて城の中に連れ去られました。お願いです、ともに救援に向かっていただけないでしょうか⁉」

「話を聞こう。何があった？」

「夫と二人で下の村に宿をとった際、村の娘が城の野盗にさらわれたという話を聞きました。二人でまずは偵察をと買って出て、城まで行ったのですが運悪く見つかってしまい」

「で、ダンナは捕らえられ、あんたは何とか逃げおおせたってところか？」

「は、はい。最初は私が捕まりそうになって、そこを夫がかばってくれて……必死にここまで逃げては来たのですが。……私たちが夜まで戻らなかったら、村の方々に救援を出してくれるよう頼んでいたんです」

「そうか……」

相当妙だな。そんな話、村では全く話していなかったし、救助の準備をしている素振りもなかった。思案していると背後でエリーが服を引っ張る。

「すまない。ちょっと仲間内でフォーメーションを考えるから、アンタは城のほうを見張っててくれ」

彼女が頷くのを確認してから、すこし離れたところで相談を始める。

「おかしいわよ、あの人」

開口一番エリーが疑惑を口にした。まあ、だよな。城を凝視している彼女をちら、と盗み見てから仲間に向き合う。

「まぁ、怪しいわな。なんなら盗賊の仲間、かもしれん。俺たちみたいなのをおびき寄せる係としてここに配されているとか」

戻ってきたミミも疑問の声を口にする。

「あの人、いつの間にかあそこにいたんだよね～」

「え、それどういうことだ？」

「うん。ウチ、道の脇に生えてる木の上を移動してるじゃん？　ダンくんが声を上げたからなんだろ、って振り返ったらいたから驚いたんよ。うわ、ウチ見落としてんじゃんダッサ、とか最初思ったけど一本道だし？　もしかして木の根元の藪に潜んでたんかなぁって」

でもそれでも斥候《スカウト》失格だよねー、とミミが笑った。

見落とした？　正直考えにくかった。藪の中に潜んでいたとしてもミミが見落としなどするだろうか。

普段の行状《ぎょうじょう》がアレすぎるだけで、ミミの斥候《スカウト》としてのスキルは一級品だ。彼女のミスとはどうしても考えにくかった。

ただ仮に罠であってもこれだけのメンツだ、問題にはならないだろう。それに……。

「野盗の類なんだったら最初からそう言いなさいよ、もう！　アタシがボッコボコにしてあげるわ！」

ライザが元気になったのでよほどのことがない限り大丈夫だろう。現金な奴だ。

「よし、彼女はまだ不審な点が多い。潜在的な敵として行動してくれ。城に向かうぞ」

　後ろからついてこいと言ってみたが、彼女は「仲間がいるなら前衛で結構」と両手に短剣をそれぞれ構え、俺の前をずんずん進む。

　勇敢なのは結構だが、罠とか気にしないのか？　と一瞬疑問に思ったが、すぐに思い直す。一度はここを通っているわけだから、勝手は当然掴んでいるのだろう。

……敵なら背後より前にいてもらったほうが対処しやすいしな。

　城まであとすこしというところで、ミミがこちらに戻ってきたのでいったん止まる。

「先を見てきたけれど、一見冒険者風の連中が野営してる。だけど隠《おん》密性の高い毛皮を使った装備だった。安い装備じゃないからきっと……」

「工作員の類、か」

　彼女は神妙な表情で頷く。

「数は視認で五人。ただ潜んでいる奴もいるはず。相手の装備のせいで心音も聞こえないから、動かない敵は探知できない。ごめん、みんな気を付けて」

　心音聞いて人数特定してるんだこの子!?　と叫びたかったが我慢した。帰ってからいっぱい驚いてやろうと思う。ミミの肩をポンポンと叩いてから、みんなに小声で進むことを伝える。

　いくつか角を曲がったとき、ようやく相手が視認できた。すこし距離があるので、ここからまっすぐ突っ込んでいくのはバカのやることだ。まぁ、俺はやるけど。

皆に回り込むように伝える。俺は囮だ。そもそも入り口がよく見える配置を相手がとっているのは侵入者対策。ならその裏をかくというわけだ。

女性と二人、無造作に歩いていく。ここで敵なら裏切るはず……。

「ああ、んだてめぇ？」

早速焚火を囲んでいる一人が反応する。用心深く周りに明りとりの松明を配しているわけではなさそうだ。周りの連中も手元をしっかり準備している。視認五人。こいつらだ。

剣で焚火をいじりやがって。剣士の風上にも置けやしない。

「あん？　アンタたちと酒盛りしに来たように見えるか？　夜のお散歩に決まってんだろ」

挑発半分、相手の出方をうかがう。

「なんだおっさん、状況わかってんのか？」

「クスリでもキメてんじゃねーの？」

男たちが呆れたように周りの男たちと笑いあう。

「いやなに、古城にネズミが住み着いてるってんでな。駆除しに来たってわけだ」

「なるほど……じゃあ、あっちの若い雌ネズミも、駆除の対象ってわけか」

男に後ろ手に捻りあげられたメグが、苦悶の表情で姿を見せた。

伏兵か。ミミの言っていたとおりになってしまった。

「……っ！　メグ」

「ご、ごめんなさい……」

「おやおや。どっちがネズミだったのかなぁ？　おっさんよお！　おら、ほかのお仲間も！　わかってるんだぜ？　出て来いよ！」

　男の指示に、エリー、ビル、ライザが姿を見せた。

「ほう、ホントにいやがった。しかも美人ぞろいじゃねぇか！　こりゃツイてるなぁ。……とりあえず武器の類、捨ててもらおうか」

　剣を地面に投げる。それに合わせて三人もそれぞれの武器を地面に投げた。

　手早く三人を後ろ手に縛り上げていく。

「触るなゲス野郎！」

　ビルが尻でも触られたのだろうか、不快そうに叫ぶ。

「威勢のいいガキだなぁ。ま、すぐにヒイヒイ言わせてやるからよ、待ってなって」

「あー、ただヤッちまうのもつまらねぇな。……そうだ良いこと思いついたぜ。まずはおっさん縛ってみんなでボコるってのはどうよ？」

「いいなそれ！　おら、手後ろに回しな！」

　そういうが早いか、隣にいた男が乱暴に手首を後ろ手に縛りあげた。強化《ストレングス》でも掛けとくか……。

「痛ぇな。もちっと丁寧に縛れよ」

「ああ？　これからもっと丁寧に可愛がってやるから楽しみにしとけって！」

　俺のふくらはぎを蹴りながら男は笑った。

「兄さん！」

エリーが叫ぶ。

「なんでえ妹ちゃんなの君？　お兄ちゃんがいたぶられるところ、じっくり見ててくれよな！　その後で、妹ちゃんはたっぷり可愛がってやるから、な？」

「ははっ。大サービスだ。アンタが立ってる間は女には手ぇ出さねぇからよ、せいぜいがんばんなよ、な！　おっさん！」

そう言い捨てるや殴りかかってきた。だが。

「それはありがたいな」

当たらなければチャンスはあるということか。それは良いことを聞いた。上半身を軽く反らして躱す。大振りの男はバランスを崩し転びそうになった。

「ぎゃっははは！　躱されてやんの！　……ほらよっ！」

腹を狙った蹴り上げ。後ろに軽く飛んでヒットポイントをずらす。強化のおかげでダメージは全くない。その後もパンチやらキックやら繰り出してくるが、そのたびに躱していると逆に相手が肩で息をしだした。

「おい何やってんだよヘタクソ！」

メグを後ろ手に拘束している男がたまらずといった様子で叫んだ。その背後の闇に見える、ギラリ光る双眸。

「うっせ！　コイツやたら逃げるの上手ぇんだよ！　このままじゃこっちが先にへばっちまう。

おい、一気にやっちまおうぜ」

目の前の男たちは一斉にかかってくることにしたようだ。互いに目配せしてタイミングを測っているらしい。

「ったく早くしろよな……捕まえてるのも楽じゃねぇんだからよ」

メグの背後の男がぶつぶつ小声で文句を言っている。

「……そうだね、じゃあ楽にしてあげるよ」

遠くでボソリと声がした、気がした。

男は突然掛けられた声に、驚いた様子で振り返ろうと素振りを見せる。

「だっ……！」

だが男は最後まで言葉を続けることができなかった。喉に深々と突き刺されたナイフを振り抜かれると、男はカクリと脱力し崩れ落ちる。そのまま闇に吸い込まれるように消えた。ミミは暗殺者適性も持ってたのか。

「行くぞおらぁ！」

意識を集中。いつものように、時が引き延ばされていく。

男たちが一斉に襲い掛かってくる。ミミがエリーの背後に着いた。後ろ手の縄をナイフで切る。捕まっているふりをしていたエルザが縄を引きちぎった。ほぼ同時にビルを抱え後ろに飛びのく。

俺はその場で手をつき、逆立ちの要領でぐるりと回り男たちを蹴りつける。強化した身体から繰り出す蹴りはなかなかの威力だ。ひと蹴りで周りの連中は軽く吹き飛ばされる。

男どもは情けない声を上げながらひっくり返る。今起こったことは多分理解できていないのだろう。

「てってめえ！　構わねえ、その雌ネズミを！　……あ、あれ？」

男の一人が指さすもそこにはだれもいない。

メグを脅しに使おうと思ったのだろうが、残念。そっちはお仲間共々閉店済みだ。

俺も火弾《ファイアショット》で縄を焼き切ってから、近くの一人に襲い掛かる。

「雌ネズミがどうしたって？」

「うわっ、いつの間にっ⁉」

オーバーアクションで繰り出す、右ストレートのフェイントに見事にかかる。顔をガードしたところで左ローキックだ。ゴキリと良い音が鳴ったと同時に男の悲鳴が響く。膝を壊した。続けて右フックからの左ボディ。よだれを垂らしつつ一人目が沈んだ。

「何だってんだよ、お前らはよお！」

隣ではライザが右の一発で壁まで吹き飛ばしている。あれ、痛そうだなあ。

半ばヤケクソで剣を打ち込んでくるが、ずいぶん型がきっちりしている。やはり普通の冒険者ではない。

「なあ、アンタ」

ひょいと避けながら手首を押さえる。

「ひっ、な、何だよアンタ」

「……どこの手の者だ？」

そう尋ねた瞬間、男の表情がこわばった。

「……総員、プランＳ！」

アッと思ったときには遅かった。目の前の男は口から血を吹き出し倒れる。周りの連中も、同様に血を吹いて崩れ落ちた。

「自害……したわね」

エリーが信じられないと言わんばかりに、男たちの骸《むくろ》を見下《お》ろしている。

すでに生気のかけらも見られない男が、仰向けになって俺を見つめている。

まるで俺を見て、笑っているかのようだ。

「あのっ、ありがとうございました！」

冒険者の女性が頭を下げた。

「あの奥に夫がいるので、会いに行っても？」

「あ、ああ。早く行ってやんな。ケガしてたらエリーが……っておい！」

俺の言葉を最後まで聞かずに女性は走っていった。

……そういえば彼女。さっきの戦闘ではどこにいたんだっけ？


焚火の周りなどにはうまくカムフラージュされた物ではあるが、おそらく帝国の工作員の道具なのだろう、それぞれが座っていた場所に残されている。ただ……。

「肝心の指令書の類は……ない、か。残念だが」

ほかにも荷物があるようだが、おそらくは空振りに終わるだろう。まずは工作員がいたこと。そして、それを排除できたことを喜ぶとしよう。

念のため、荷物は双子に調べさせることにする。

「奥さん、旦那さんに会えたかしら？　ケガとかしてないといいけど」

「そうだな。様子を見にいくか。エリーも一緒に来てくれるか？　ミミ、すまんが周辺警戒を」

ミミが手を上げ闇に消えたのを確認すると、まずは自分たちの武器を拾う。その後ライザを交えた三人で、彼女が消えた詰所のような小屋に向かう。かつては城の門番が詰めていた所だろう。

主を失った今となっては、もはや見る影もない。

「アンタ、旦那さんは無事か……って、あれ？」

小屋を覗いたが彼女の姿がない。小屋には入り口が一つなので、別の出入り口は見当たらない。すこし奥まっているので光が奥まで届かない。奥にいるんだろうか？

「ここに入ったよな？」

エリーに確認してもうん、と頷くのみ。

奥に進むと、最奥の壁に寄り掛かる人影があった。

「なあ、旦那さんいなかったの……か……？」

「これって……」

エリーがぽそりとつぶやく。

「男性なんだけれど……？　あの人、どこに行ったの……？」

　男性の遺体の傍らには短剣が二本。所々に錆びが浮いている。

「こ、これ。さっきの女の人が使ってた短剣、だよね？　……ねえ、なんでこんな錆びてんの？」

　ライザがそろそろと俺に尋ねてくる。と言っても俺も混乱している。どういうことだ？　ついさっき見たときは手入れの行き届いた逸品に見えたが。

　そのとき一つの可能性に気付いた。さっきちらっとしか見てなかったがもしかしたら。

「え、ど、どうしたのウォーレナ」

　はやる気持ちを抑え、小屋をいったん出る。

「ご、ご主人様！　こんなとこに置いていかないでよお！」

　背中にライザの抗議の声が刺さるが後回しだ。この謎解きをさっさと済ませないと俺の気が済まない。

　連中が残した焚火に近づく。火はまだ残っている。傍らに無造作に転がっている黒焦げの長剣を掴み上げた。ずいぶんと欠け、煤で黒くなってしまっている。死体の頭巾をはぎ取って、剣の柄を拭き上げる。……ビンゴだ。

「これ、さっきの短剣と……」

　遅れてやって来たエリーも気づいたようだった。

「ああ。お揃いだな、多分」

女性が使っていた短剣と、同じ意匠の長剣。きっと夫婦揃いのものだったのだろう。刀身も軽く綺麗にしてから小屋に戻り、短剣の脇に添えてやる。

その後、女性と最初に会った辺りを調べる。ほどなく行き止まりになっている箇所の崖下で、男性と揃い装束の女性の遺体が見つかった。

……先ほどまで会話していたはずの女性だ。だが遺体の傷み具合は昨日今日どころではない。

ここまで逃げたが工作員に追い詰められ、足を踏み外したのか身を投げたのか。

二人の遺体を古城の見晴らしのいい場所に埋めてやる。剣を墓標替わりにしてやった。冒険者のタグはギルドに提出すれば、遺族に連絡が行くだろう。

すっかり夜が明け、朝日に照らされた村に戻り聞いてみる。どうも一月ほど前、一般市民の捜索依頼がギルドから出ていたようだ。普通の迷子捜索のつもりだったのだろう。結局捜索対象も遺体で見つかっている。

自己の責任、と言えばそれまでなのだが、痛ましいことだ。

宗教とか、神とかは普段信じない俺だが、こういうときばかりは信じてみようといつも思う。

――冒険者夫婦の魂に、祝福があらんことを。

先日から訳あって徒歩で移動しているのだが、ただ漫然と歩くだけの旅ほどつまらないものはない。時には刺激もほしくなるのが人の性《さが》。

ということで、道々で出くわした魔物の退治は積極的にやることになるわけだが、なるべく双子に任せることにしている。

街道沿いは魔物が少なく、鬼《オーガ》や小鬼《ゴブリン》、狼のような初級から、いてもせいぜい中級向けの魔物くらいしか出くわすことはない。

つまり、双子の訓練にはうってつけというわけだ。

まさに今も三体の鬼《オーガ》に遭遇したところだ。

戦闘開始直後こそ手助けしていたものの、残り一体となった今は二人に任せて様子を見届けている。

「よしっ！　とどめだ、ビル！」

「りょーかい！　くらえっ……しゃあ！　やりぃ！　ありがとう、お師匠！」

最後の鬼《オーガ》を仕留めたビルが、いっぱいの笑顔を見せて振り返った。とそこにすかさず突っ込みの声が飛ぶ。

「何言ってんのビル。さっきの突っ込み、ちょっと危なかったよ？」

「えー、そうかな？　メグが神経質すぎなんじゃない？　でも気を付けるよ。それよりメグの魔法、威力上がってない？　大きめの奴も一撃だったよね。前に出ても背中は安心って感じ」

　先ほどまでのプリプリした様子から一転、メグが照れた様子で頭をかく仕草で笑う。

「そ、そう？　へへ、うれしいな。危なくなってもお姉ちゃんが守ってあげるからね」

　彼女はそのままふんす、と気合いを入れるが、対するビルは途端に呆れ顔になる。

「いつも俺が姉ちゃんだって言ってるのに……あー、もういいよ。メグがお姉ちゃんで。俺はお姉ちゃんだからさ、『お姉ちゃんの称号』は譲ってあげるー」

「あーっ、そんなこと言って。生意気な妹は、夜ごはん抜きだからね」

「ええ……理不尽じゃない、それ……」

　剣を拭《ぬぐ》いながらビルがメグとやいのやいの騒いでいるのを横目に、エルザに周辺の探知を行ってもらう。

「大丈夫ですよ、ご主人様」

「ありがとう、エルザ。……よし、素材を取ったら小休止。夕方には関所前の林に入るぞ」

　なんでも次の調査対象の貴族は用心深さで定評のある御仁らしく、そのような団体さんを関所で監視しているらしい。これが徒歩で移動している理由。

　今回は関所も通らず、クロエたちの力を借りようと思っている。つまり夜陰に乗じ、飛んで関所を越えるつもりだ。

　素材採取の痕《あと》を手早く埋めていざ移動開始、というところで後方からある意味見慣れた一団がやってくるのが見えた。

「あ、やばっ」

エリーが小さくつぶやいた。ということは……やっぱりそういうことか。

「おや？　そちらにいらっしゃるのは……カートライト大司教の御息女では？」

隠れる間もなく、先頭を来た神官の一人が目ざとくエリーを見とがめ、近づいてきた。

「ええ。エレノア・カートライトでございます。お勤め、ご苦労様でございます」

深々と頭を下げるエリーの言葉に神官は慌てて下馬し、一礼する。

「いやはやこのような場所で『聖女』様にお会いできるとは。これも神の思《おぼ》し召し。ところで他の方々はどのようなご関係で？　ああ、聖女様の行幸《ぎょうこう》に同行されている護衛の方々でしょうか？　これはお役目、ご苦労様です」

神官がこちらに向かって軽く会釈する。

「え？　や、ちが」

エリーが慌てて否定しようとするが、すまん。こんな面白いネタ、そのまま流すのはもったいない。

「左様にございます。此度はもったいなくも聖女様をお守りする大事なお役目を仰せつかり、我ら一同身に余る光栄と、たとえこの身が滅びようとも全力でお守りする覚悟で付き従っております。さあ、皆も私にならって」

膝をつき、胸に手を当て神妙な表情で語ればほら、敬虔な信徒のできあがり。クロエなんか両膝をついて祈りを捧《ささ》げている、ように見える。ノリがいいなぁ、ウチのパーティー。

「な、何言って」

「おお、なんと殊勝な心掛けでしょう！　これぞ真の献身！　きっと我らの偉大なる最高神、ダグサー様も天上から祝福をお与えになることでしょう！」

「もったいないお言葉。我ら誠心誠意、聖女様に尽くしたく存じます」

「うむ！　うむ！　存分に励まれよ。神はあなた方の善行をしかと見守っていますよ。……そうそう、聖女様。今回の巡礼は大司教が主導されております。後方の馬車にお見えですよ」

「え……」

途端にエリーの顔が引きつった。普段なら変顔するなと笑い飛ばしてやるところだが、こればかりはイジる気が起きない。何なら俺の顔も引きつった。なんというか、運命のいたずらというか、気の毒というか。

ちょうどいいということでこの場で休憩を取るらしいこの一団は、教団本庁に巡礼する途中だという。

俺たちにとってはめずらしい一行だなぁで済む話だが、まさかエリーの義父もいるとは。こんなことならふざけるんじゃなかった。彼女にとっては最も会いたくない一団のひとつだろう。本当に気の毒なことだ。正直すまん。

大司教の馬車の前に立つ。開いた扉から降り立ったのは大司教――カートライト卿の執事。国事の際に何度か会話したことのある初老の紳士だ。

「これはお嬢様。ご無沙汰しております」

「ええ。じいも壮健でなによりです」

「いえいえ、元気なだけが取り柄なので……。ところで、こちらのお方は？　……は⁉」

「えーっと、ご無沙汰してます、でいいのかな？」

「こ、これは大変失礼をっ！　ささ、狭いところではございますが」

　顔を覚えてくれていたようで助かる。執事は俺とエリーを馬車に誘った。座って正面を見ると唖然とした表情の二人の神官が。エリーの義両親だ。扉が閉まると同時に、まず義父が口を開いた。

「こ、これは陛下……⁉　御活躍はかねがね。普段からの我が教団活動へのご理解とご支援には大変感謝しております。……ところで、かようなところで、何を？　それに我が娘とご一緒とはどういう経緯でこのような」

「あー、うむ。貴族の中で造反の動きがあってな。そちらを秘密裏に調査する活動をしていて、ご息女にもご協力いただいている。騎士団も動かしてるんだが、なにぶん連中は目立つからな。今回は我々だけ、というわけだ」

「なるほど隠密行ですか。確かに陛下ならば下手な護衛は不要と心得ますが……」

　とエリーをちら、と見やる。

「我が娘も同行している、とは聞いておりませんでしたので少々、驚きました」

「いや、実際彼女にはずいぶん世話になっていてな、我らのパーティーには不可欠な存在になっている」

　すると今度は義母のほうが話し出す。こちらも教団の一員。たしか事務方だったと思うんだが、何やってる人なのかは聞いたことがない。

「陛下にそう言っていただけるのは大変ありがたいことなのですが、正直娘が陛下のお邪魔になっているのでは、と心配になっております。もうとっくに成人をすぎたというのにいまだに嫁ぎ先も決まらず、このような冒険者の真似事を」

　エリーがその言葉に激しく反応する。確かにそろそろ結婚について気にしなければならない年齢。確かにこんなおじさんの近くにいたら気にもなるか……。

「お義母様！　お言葉ですが私はまだ婚姻などは考えておりません。それに真似事ではありません、立派にお国のため働いており」

　義母がぴしゃりとエリーの言葉を遮る。

「それが間違いだと言っているのです、エレノア。あなた、聖女の肩書をなんと心得ますか。あなたはいち冒険者として無邪気に野山を駆け回っていて良い存在ではないことを、いい加減自覚なさい！」

「おい、その辺で」

「貴方はお黙りなさい」

　たまらず義父が助け舟を出そうとしたのだろうか。しかし義母のパワーにあっけなく沈没。笹船くらいの耐久性だったな？　「はい、すいません」と沈んでいく。辛い。

「失礼ながらお義母様！　はっきり自覚しております。だからこそ私は陛下の一番近くに侍《はべ》り、陛下のお役に立つことで、我が国の繁栄を支え」

　エリーの物言いにも義母は一切揺らがない。これまたバッサリと遮る。

「国の繁栄？　嘘ですね。あなたはただ、陛下のそばにいたいだけ。違いますか？」

「い、いやエリー……エレノアは俺のそばにいたいとかそんな動機で」

「部外者は黙っていていただけないでしょうか。これは我が家の問題です」

えー？　俺もぴしゃりとやられたよう……俺、その、陛下……つら。

「おい、陛下になんて口……あ、何でもないです」

ちょっと大司教～!?　ひとにらみで黙っちゃうなんて、さすがに妻に弱すぎくなーい!?

ったく、親子ゲンカに口挟むのもダサいけれど、これはさすがに腹が立つな……。

「いや、ちょっと黙ってられないな。俺は少なくとも貴方たちを人格者だと思っている。人の心を慮《おもんぱか》れる偉大な宗教家、ともな。だがこれはなんだ？　エリーの言い分も聞かずに一方的に。彼女も一人の人間だ。そうだろう」

「一人の人間の前に、聖女です。聖女という肩書は時に個よりも優先されるべきです」

「……っ、てことはつまり、アンタらはエリーを宗教の道具としてしか見てない、そういうことを言ってるわけか」

　つい声を荒らげてしまった。いかん、冷静にならねば。相手が身を硬くしたのが雰囲気で伝わってきた。

「それは見方の違いですわ、陛下。聖女はより多くの者を救わねばならない立場。その自覚なくして宗教の何たるかを語るなど、児戯《じぎ》に等しい」

あ、こりゃダメだわ。立っている場所が根底から違う。

「……そんな宗教なら、なくてもいいんじゃねーかな？」

「え？　今、なんと？」

「たった一人も救えない宗教なんぞ、ないほうが幸せになれるんじゃねーかな？　って言ったんだが、聞こえなかったか？」

途端に義母は気色《けしき》ばんだ。指をさす手も震えつつ、わなわなと口を開く。

「な、な、な……それは一国の元首が口にしていいことではないですよ？　いいですか、これは宗教弾圧ですよ！」

「おう、自分の家族のささやかな幸せすら叶えてやれないようなクソ宗教、いくらでも弾圧してやる。なんだったら国から締め出してやってもいいぞ。よーく考えておくことだな。次の答え合わせまで、エリーは預かっておく。いいな」

「そんな勝手、許されるはずがないでしょう⁉　この件は本庁に報告させてもらいます！」

「おーおー、やれるもんならやってみろ。そしたらお望みどおり、我が国から排除してやる」

「落ち着いて、ウォーレナ。私は大丈夫。第一そんなことをしたら一番困るのは民衆よ。……お義母様。私からもお願いします。エレノアと聖女、どちらが大切なのか。次の機会にお聞かせください」

◆◆◆

間を置かずに大司教たちの一団は皇国へ向かって走り去っていった。残されて我に返った俺は今、後悔に苛《さいな》まれている。

「なんてことを口走ったんだ俺は……。宗教弾圧？　アホなのか……？」

そばでエリーががっくり膝を折る俺の肩に手を添え、慰《なぐさ》めてくれる。

「だ、大丈夫よ、兄さん。所詮は親子ゲンカの一環なんだから、あのやり取りでどうこうはならないと思うわ。それに……」

エリーは俺を立ち上がらせ、そばの岩に座るよう促した。その後、彼女が隣にちょこんと腰掛ける。言い淀んだ彼女の表情を窺《うかが》おうと首を巡らす。

「……それに？」

「お、怒ってくれたこと。すごく、嬉しかったから」

ボッ！　と音がした気がするほど一気に首筋まで真っ赤になった。直後チラリとこちらの様子を窺う流し目。口元を隠す仕草も加わって……なにこのカワイイ生き物。

「いやっ⁉　た、大したことは……してないぞ？　うん、俺はその、聖女なんて役割より、エリー個人のことを、大事に、思ってるから！　それだけ、だから‼」

「うん。知ってるよ。ありがと、兄さん」

　彼女はニコリと笑って俺の肩に頭を預けてくる。

　周りではミミやらメグやらがやたらソワソワしているようだが、馬車で話し合いをしている最中に何かあったのだろうか。尋ねようとしたところでクロエが悪い笑顔を見せながら近づいてくる。

「しかし、やるのう主も」

「ああ、聞こえてたか？　いやマジで腹立ってさ。つい大人げない発言を」

「いやいや我はスカッとしたぞ？　よう言うた！　とな。……ところで主よ」

「ん？　なんだ？」

「娘一人の幸せのために最大規模を誇る国教を一つ、つぶすとまで言うたんじゃ。その言葉の意味、どう考える。さてさて、この娘はどう捉えるかのう？」

「え、ど、どういう意味だ？」

「さあのう？　あー、早く夜にならんかのー？　腹が減った。街に入って食事がしたいぞ」

　実に楽しそうにクロエは歩き出す。その周りに仲間がついて行く。ガールズトークってやつだろうか。キャッキャと楽し気な会話が途端に始まる。

「そっ、そうですね。あと小一時間の行軍、がんばりましょう！」

　エリーが元気に立ち上がるとクロエを追って歩き出す。

「これで一緒に――」

　背中越しに聞こえた彼女の囁《ささや》き声は、谷を流れるつむじ風にかき消された。

露天風呂、思わぬ邂逅

えーっと、どうしてこうなった？

「狼藉者、覚悟はよろしいですね」

目の前には長身のスレンダーな女性が……タオルを巻いただけの姿で長剣を構えている。相手が何者なのかは幸か不幸か、大量の湯気のせいで判然としない。さらに湯気の向こうにはもう一人が腰を抜かすようにへたり込んでいるのだけはわかる。性別は判然としないが、目の前の彼女の様子から、おそらく女性なのだろう。

対する俺の得物は……なんとも頼り気のない洗い桶と椅子、と腰にタオル。とりあえず強化《ストレングス》を掛けてはみたが、太刀打ちできるような代物ではない。

なぜこんなことになっているのか。まずは時を数刻さかのぼる——

エルザたちの数倍大きな背を持つクロエに乗せられ、関所を離れたところをゆったりと飛ぶ。エルザとライザも翼竜の姿で随伴しているが、地上から見れば竜が散歩してるくらいに見えていることだろう。

日が落ちかけているので地上をつまびらかに見ることはできないが、関所と思われる場所にはかがり火が数多く立ち、順番待ちの旅人がずらりと並んでいるのが見て取れる。かなり厳重に確認をしているようだ。噂は本当なのだろうか。

――麻薬を扱っている貴族の噂を耳にしたのはつい最近のことだ。国境での通関免除を始めとする貴族の特権を悪用し、よからぬ物を輸入しているらしい。思い当たる節はと尋ねたところ、文官たちは口を揃えてとある貴族の名を挙げた。

フックス男爵。数ある男爵家の中にあって、突出した納税額を誇る新興貴族だ。だが領地は農業のほか、これといった産業もない土地。さらに言えば彼の地からの農産品で税収に見合うような高付加価値な品もないという。

あの納税額を支える唯一の可能性を挙げるならば数年来、積極的に行われている観光開発。とりわけカジノだ。なるほど大金が動く賭博ならば、胴元に入る金もそれなりの額になる。領地経営の一つのやり方ではあろう。

だが光あるところに影あり。聞くところによると借金まみれとなり一家離散、そのままスラムや花街に身を落とす者も少なくないらしい。そこで蔓延しているのが麻薬、というわけだ。二重三重に搾り取る構図が透《す》けてくるが、これ以上の調べが進んでいない。

ただこれだけは言える。政治の世界では清濁併せ呑むとはよく聞くが、ここの濁り水からは腐ったドブ川の臭いがする。

リヒハイムの街に近づくころにはすっかり日は落ちていた。おかげで近くに降り立った際にもクロエの姿を見られることが無かったのは幸いだった。ここはそのフックス男爵が治める街だ。

さすがカジノの街。夜も人通りは多く、街並みも華やかなものだ。客引きの声を何とか振り切り宿にたどり着く。事前に調べておいた宿は幸い部屋が空いていたので、そのまま厄介になる。

「主よ！　ここには露天風呂があるらしいぞ！」

手続きをしているとクロエがテンション高めに駆け寄ってくる。うん、知ってた。だからこの宿にしたんだからな。風呂好きとして、この宿以外に選択肢はなかった。

「早速入るとするかの。ほら、行くぞ」

「なぜ俺と入ろうとする。他の連中と行ってこいよ」

「主がいるといろいろと面白いからの。ほら、皆も共に行こうぞ」

「面白がるな。ったく、女だけで行って来い」

ケチじゃのう、とボヤくクロエは放っておいてまずは部屋に行けとみんなを追い立てる。

「……俺はゆっくり入りたいんだよ」

そして一人フロントに戻ると、こっそりと貸し切り湯の予約を入れたのだった。

荷物を置いて早々に男湯に一人で入ってくる！　と連中を置いてさっさと貸し切り湯に来た。

フロントで聞いた部屋に入ると、薄暗い脱衣所にいながらすでに温泉の香りが漂う。

いいぞいいぞ、こういうのがいいんだよ。これぞ旅の醍醐《だいご》味ってやつだな。これは浴場への期待が、いやが上にも高まる。ああもう、服を脱ぐのもまどろっこしい。脱いだ服を整理するのもそこそこに。待望の浴場へ、いざ、出陣。

　扉をくぐると、そこは別世界が広がっていた。

「おお……」

　思わず感嘆《たん》の声が漏れる。まるで森だ。さまざまな植物に囲まれた中に、岩で設《しつら》えられた大き目の風呂。湯船はうねっており、奥まで続くその先は大量の湯気で窺い知れない。その雰囲気が大自然の中で偶然見つけた秘湯然として、実に趣《おもむき》深い。

すばらしい。まさにこの一言に尽きる。さすが旅雑誌『湯屋道《ゆやどう》』推薦の宿。

　身体を洗うのもそこそこに湯船に。これはいい。洗っているときからもしやと感じていたが、泉質もいい。すべすべと肌に心地いい。いわゆる美人の湯という奴だ。ひとしきり堪能すれば次は探検をしたくなるのは男の子としては仕方ない、はずだ。

　ざぶざぶと奥に進むと意外と広いことに気づく。こうなればすべて探索をと冒険心がもたげたちょうどそのころ、予想外の事態に見舞われる。

「何者か⁉」

「えっ⁉」

　鋭い声が耳を刺す。若い女の声だ。よく見ると湯気の向こうに人影がうっすら見える。おかしい、貸し切りではなかったのか？

　声と同時に大きく水の音がした。おそらく湯船から出た音。直後、光る切っ先が湯気の向こうから突然飛び出した。

「うおっ⁉」

思わずのけ反り声が出る。いきなり切りつけてくるとは、物騒だな⁉

「ちょ、ちょっと待ってくれ！　どういうことだ？　今は俺が貸し切ってるはずだが」

「何を異なことを！　今は我々が貸し切っている時間！　覗きが露見したところで、あろうことかとぼけるとは！」

「とぼけるとか、そんなつもりはない！　本当のことを言ってるまでで」

今攻撃されるのはまずい。まずは……アレしかないか。湯船を飛び出すと、床の洗い桶と椅子を手に取った。

「言い訳はそこまでですか。狼藉者、覚悟はよろしいですね」

――ここで冒頭のやりとりにつながるわけだ。

温泉の洗い場で対峙する見知らぬ男女。それだけでも十分シュールだが、こっちは洗い桶、対するあちらさんは長剣を構えているっていうのが何かの冗談のように感じる。

「大人しく降伏なさい。さもなくば」

剣の一閃。思わず受けた椅子の先が、飴細工のように斬り飛ばされた。木の椅子とは言え、強化《ストレングス》がかかっているんだぞ？　なんて切れ味してんだ。まともに受けたら椅子ごと斬られる。

「斬ります」

次はできれば斬る前に言って⁉

「まて、誤解、だから誤解だって！」

「問答無用！」

横なぎで振り抜いてくるところを下から打ち上げ、振り下ろしには躱《かわ》して横から当ててと何とかいなしていくものの、確実に俺の頼みの綱、桶と椅子はその形を徐々に失っていく。

もう一つの頼みの綱、腰に巻いた布も少々締め付けが心もとなくなってきた。

「しつこいですね……いい加減、観念してください」

女は苛立《いらだ》ち始めたのか、剣に込める力を強めたようだった。桶が削れる量が一気に増えたがこれはチャンスでもある。

「水球《ウオーターボール》」

女の顔めがけて小さい水球を放つ。狙い違《たが》わず顔らしき辺りで大きく弾けた。

「わっ、つめたっ……きゃっ！」

思わぬ反撃に驚いたのか。目を閉じ、反射的に身を硬くした様子だった。直後、女は意外と可愛らしい悲鳴と共に足を滑《すべ》らせた。その拍子に剣で温泉の内装をどこか切ってしまったのか、一部が崩れてきた。崩れる音と女の悲鳴、そしてもう一人、あちらもやはり女だったか、すこし離れたところで声がした。

女はとても受け身が取れる体勢ではなかったので、やむなく抱き寄せ頭を守ってやる。背中に装飾の部品がいくつか当たったが影響はないだろう。魔法のおかげだ。

きゃあきゃあとしばらく腕の中で叫んで暴れていたが、周りの音が落ち着いたところで解放してやる。温泉の装飾が崩れたことで外気が大量に流れ込んできたのか、湯気がすっかり失《う》せていた。そして互いに相手が誰なのか気づく。鼻同士がくっつきそうな距離で。

「あー、大丈夫か……ってあれ？　あのときのお付きの……確かベリータとか言ったか」

「え？　……あ、あのときの失礼な人！　大丈夫ですが……とりあえず、胸に置いた手をどかしてくれませんか」

「ん？　胸？」

「んっ……できればその、手を動かさずに速やかにどかしてもらえますか」

「えっ……あ。し、失礼」

　腹か肩あたりかと思った、とは言わない。言ったらきっと再び戦闘が始まる。

　がれきを避けつつ素早く立ち上がる。ベリータも身を起こしたが、すぐさま勢い良くこちらから目をそらし、俺に向かって指を差す。なんだか顔が赤い。どした？

「……ちょっと！　隠してください……前！」

　見下ろすと、いつの間にか唯一の防具が装備解除されている。こりゃいかん。とりあえず手近な大きい葉っぱを拾って当てておく。

　その後、気まずい空気が流れたところで騒ぎを聞きつけたらしい従業員が駆けつけ、この場はいったん収まった。

　従業員から、貸し切り風呂の部屋を間違えて伝えてしまったことが皆の前で伝えられた。恐縮しきりの従業員が何度も頭を下げつつその場を去ってから、当事者同士向き合う。

「早とちりをしてしまって、本当に申し訳ない」

聞かされたベリータはため息を一つついてから、頭を下げてくれた。隣ではシルヴィも軽く頭を下げる。湯煙の向こうにいたのは彼女だったのか。

「いや頭を上げてくれ。誤解が解けたのならそれでいい。互いにケガもなかったんだし、もう水に流そう」

温泉だけに。という言葉はグッとこらえた。おやじギャグは嫌いなのだ。

「我の誘いを袖にして一人で温泉に入ろうとするからじゃ。まさに天罰じゃの」

クロエはプリプリと怒っている。そんなに俺と入りたかったのか。すまないことをした。もっとも、そのようにアピールされたとしても多分入ってなかったと思うが。

それよりというか、やはり気になるのはエリーさん。表情を盗み見ると、なんと穏やかに微笑んでらっしゃる。それが一段と恐怖を駆り立てる。怖い。

「では互いに誤解が解けたところで、私たちの婚儀の日取りを決めましょうか」

えーっと、ベリータさん？　ちょっと何言ってるかわかんない。だがただ一つ、これだけはハッキリわかる。嵐の予感しかしないってこと。

苦いディナー

婚儀の日程、だと……⁉

ベリータの発言に、場は一瞬で凍り付いた。

「あ、あなたどういう」

「ほう。おぬし面白いことを言うのう。なぜ主が結婚せねばならんのじゃ」

エリーの言葉をさえぎると、クロエがずずいと前に出てベリータに問いかける。

「なぜ？　当然です。私の全裸を見ただけでなく、肌に触れたのですから」

ベリータは淡々と口にするが、それとは対照的にクロエは眉根を寄せた。

「……？　それだけ、かの？」

「むしろ十分すぎる理由かと」

ベリータの説明に、クロエは苦笑いを浮かべつつため息をついた。そしてドヤ顔をみせつつ腕を組む。ひとしきりいつもの高笑いをしてから可笑しそうに話し出す。

「なーんじゃ。そんな程度なら我などほぼ毎日されとるぞ！　それこそあーんなところやこーんなところまで」

「おい、誤解を生むからそういうのやめろ」

そういう発言、ガチ目に迷惑なんでやめてもらっていいですか？

「ということは、あなたはすでに奥方か妾ですか？　そうですか。私は一夫多妻制には寛容な立場をとっております。そちらに問題なければ末席に」

しかしベリータはくじけない。……くじけるという表現が正しいのかは置いといて。

「加えない、ってか話聞いてたか？　まだ一人も嫁はとってないから！　そもそも湯気でなんも見えなかったじゃないか」

「あなたに乱暴に胸を揉みしだかれました」

「それもアンタを守るための緊急避難じゃないか。そっ……、それに決して揉んでない！」

そもそも揉むところもないじゃないか、と危うく言いそうになるのをグッと飲み込む。そのセリフはいけない。

「なんじゃ、つまらん」

「つまらんとか、そういう問題じゃないだろ！」

ともかく、クロエさんはすっかり興味をそがれたようだ。だがこれで話が進められる。

ここでもう一人の女性――シルヴィだったか――が口を開いた。

「ベリータ、そこまでで。このたびはこの者が迷惑をお掛けしてすみません。またちょうど良い機会ですので先日のお詫びもさせてください」

そしてシルヴィは居住まいを正した。そして――ミミを真正面に見つめ、こう切り出したのだ。

「改めまして、あのときはお救いくださいましてありがとうございました。また、あれから私たちも王国内の世俗について学びましたわ。貴女様には大変な非礼を。あわせてお詫びさせてくださいまし」

　そして彼女はミミに対し、深々と頭を下げる。これには驚いた。帝国の人間がこうもたやすく彼女に頭を下げるとは。

「えっ⁉　いやいや、そんな別にウチ気にしてないし。大丈夫だよ」

「お優しいお言葉、痛み入ります。いかがでしょう、お詫びの印に今夜の夕食は私のほうでご用意させていただきたいのですが？　お連れの皆さまも、ぜひ」

　俺は恥じた。帝国の人間だからという理由で彼女との関係を断《た》ち切ろうとしてしまっていた。

　彼女はかの国のなかにあっても、自身の過《あやま》ちを顧《かえり》みることができるタイプの人間だったということだ。そういうことならば話は別だ。

　断る理由などない。夕食も遠慮なくご一緒させてもらうことにしよう。

「……ということは、帝国から商売でレイオットの街まで来てたのか」

　大きなダイニングテーブルで対面する形で穏やかにディナーをいただく。

「ええ。商談が終わって宿に帰る途中で襲われて。あのときは本当に助かりましたわ。お礼もできずずっと気にかけておりましたところ、またお会いできるとは。これもひとえに、我らが神の思し召しですわ！」

　シルヴィは案外大げさにことを考える性格のようだ。あるいはそう演じてるのか。商人は多かれ少なかれそういう面がある。話半分で聞いていたほうがいいのかもしれない。

「ロクでもない再会だったけれどな」

「ふふ。それはもうお互い水に流したのではなかったですか？」

そうでした、と共に笑った。ベリータはすこし不満そうではあるが、大丈夫だよな？

「ではこれからは商売人同士、仲良くしてくださいね」

そう。今回俺たちは商売人として各地を回っている『設定』になっている。他に各地をうろうろしていて不自然でない設定が思いつかなかったのだ。ノーウォルドの金属卸。それが俺の今の肩書だ。

「ノーウォルドは最近、白銀鋼の鉱山が見つかったとかで、急速に発展している街と聞き及んでいますわ。さぞにぎやかなことでしょうね」

「ええ。毎日がお祭りのようですよ。この街が静かに思えてしまうくらいには」

「まあ。カジノの街よりにぎやかとは。それはさぞ活気に満ちているのでしょうね。いつか訪れてみたいものですわ〜」

シルヴィが目をみはり、すこし身を乗り出す。商人の血が騒ぐのだろうか。

「てっきりレイオットの前に訪れているのかと。せっかく近くでしたのに」

「お恥ずかしながら、あの街で襲われたときに商売道具を盗られてしまって。いったん国に引き返すところですの。残念ですわ。私、ノーウォルドには一度も行ったことがなくて」

「それは災難でしたね。街によって治安がずいぶん違うようですから、お気を付けになってください。ノーウォルドも元は片田舎ですからのどかな風景もまだ残っていて、良い所なので機会があればぜひ」

「ええ、お気遣いありがとうございます。……新たな王になって治安もきっと良くなったんだろうと思っていたのですが、どうも違うようで。残念です、とっても」

胸がチクリと痛んだ。

「……他の街もそんな感じですか」

「そうですね。重税に苦しむ領民や商人の話とか賄賂漬けの役人、民を救わず盗賊を助ける衛兵なんて方もいらっしゃるようですね。まったく、どのような政治がなされているのやら」

最後のはどこかで聞いたぞ。

「先代も愚王とずいぶん蔑まれておりましたが、今代も大したことないのでしょうか」

「はは。そうかもしれませんね」

エリーの気配が剣呑となったので慌てて彼女の膝に手を乗せる。ピクリとわずかに反応を見せたがそれだけで、冷静ないつものエリーに戻った。

帰り際、部屋に戻ろうとしたシルヴィが、ふと立ち止まると可笑しそうに笑う。

「？　どうしました？　なにか」

「いえ、先ほどまでずいぶん同じ時を過ごしていましたのに。あなた様のお名前をいまだに存じ上げませんでしたわ。私ったら、恥ずかしい」

「ああ、そういえば名乗ってなかったでしたか。ダンと言います。共に商売ができる機会が巡ってくることを、願っております」

　右手を彼女に向かって差し出す。

「ダン様。……ダン様。はい。こちらこそ、またお会いできることを楽しみにしていますわ」

　シルヴィがかみしめるように二度、俺の名を口にする。そのあと手を取り、軽く握手を交わした。

　そうやって我々は、共に再会を願い、別れた。


「ああもう、なんなのあの人！　失礼にもほどがあるんじゃないかしら!?」

　エリーが部屋に戻るなり地団駄を踏んだ。冷静な彼女にしてはめずらしい。しかし実際に地団駄を踏む奴なんているんだ、初めて見た。

「落ち着けエリー。帝国の人間の評価だ。実際と多少違っていても仕方ない。バイアスも掛かっているだろうしな。さ、そんなことより仕事だ。この街のある程度のことは、事前にギルバートから情報が上がっている」

　例えば麻薬を買うために売春宿に売られた娘の話。ちなみに売られた娘もまもなく麻薬漬けになり、抜け出せなくなって結局川に身を投げた、とか。

　母が麻薬中毒のため街で盗みを働いて麻薬を手に入れる少年の話。こちらは仕事から帰ってきた少年がせん妄状態の母親に殺されかけ、逆に少年が母親に手を掛けた、とか。

　あるいはカジノで麻薬漬けになり身を持ち崩した商人の話。店ごと抵当に入れてもなお止まらなかったギャンブル。本人の臓器も借金のカタに取られ、最後に残ったのは自身の片腕だけ、とか。

「聞けば聞くほどどうしようもない話ばかりね……」

エリーは口元を押さえながら、うめくようにつぶやいた。

「だが肝心の麻薬の出どころについては全くと言っていいほど情報がない。そこで、だ」

そこでぐるりとメンバーを見渡して軽く息を吐く。

「今回は囮《おとり》調査で行きたい。まずはカジノに入って、情報を集めようと思っている。悪いがメンバーは絞らせてもらう。……エルザ、ライザのペア、それとエリーと俺のペアだ。異論はあるか？　特にクロエ」

「外されるのは正直癪《しゃく》じゃが……確かにこのナリでは子供と間違えられでもしたら目立ってしょうがないしの。賛成じゃ」

クロエは自らの服をつまみながら憮《ぶ》然とした表情を一瞬見せるも、納得はしてくれたようだ。

「ミミは例によって」

彼女は目立って仕方ない。

「先に忍び込んで証拠探しだね。ヤバくなったら勝手に逃げるから、心配しないで！」

「頼んだ。すまないがクロエは双子と後詰めを頼む。クロエなら俺の様子は離れててもわかるだろうしな。何かあったら俺たちの武器を持って来てくれ。決行は明日だ。みんな、よろしく頼む」

リヒハイムはカジノの街だ。領主はフックス男爵。

決して豊かでないはずのこの領は、それでいて他の貴族に引けを取らない額を国庫に納めている。その多くを叩き出しているのはやはり、男爵が経営するカジノであることは疑うべくもないだろう。

だがそれだけだろうか。端々で見え隠れする麻薬の影。この街の真の収入源こそ麻薬、などという黒い噂は絶えたことがない。

本当ならば国家を食い物にする悪魔の所業だ。到底許されるはずもない。そう我々は考え、今ここにいる。

場合によっては、この街の昼間以上に輝く夜の華やかさ。今夜限りにせねばならない。

考えごとをしているうちに馬車が止まった。降り立った途端に、周囲から一斉に視線が集まった。そうだろう、そうだろう。

まずはエルザ。彼女は例えるなら月のような繊《せん》細な華やかさ。持ち前の上背と抜群のプロポーション、そしてそれを包む銀と青を基調としたナイトドレスは大きく背の部分が開いたデザイン。

対するライザは太陽のようなまぶしい煌《きら》びやかさ。姉に負けず劣らずのわがままボディを、金と赤で彩《いろど》った、胸を大胆に開いた挑発的な装《よそお》い。

颯爽《さっそう》と歩く二人に、早速どこぞの金持ちだか貴族だかが数人寄っていく。笑顔であしらう二人は貫禄十分だ。

しかし認識阻害の魔法って、本当にすごいな……。あんな至近距離でも、角や尻尾の存在にだれも気づかないところはさすがだ。

「あ痛っ」

周りを観察していたら、不意に脇をつねられた。エリーだ。隣で頬を膨らませている。

「……なんだよエリー」

プイとそっぽを向きつつ口をとがらせる。ん？　これ、怒ってらっしゃる？　なんでぇ？

「べっつに。二人とも、とっっっても綺麗ですものね～」

あー、なるほどそこね。かわいい奴だなぁ。

「何言ってんだよ、周りの男どもを観察してたんだよ」

「どーだか？」

「確かに二人は綺麗だよ？　でもな」

「……でも、なに？」

「俺はエリーが一番綺麗だと思うぞ？」

「……ふ、ふーん、そう？　ありがと」

そういってそっぽを向きながらも服の袖をつまんで引っ張る。

「……ねえ、そろそろ私たちも行かない？」

「そうだな、行くか」
「ええ。エスコート、してくださる？」
「喜んで。お姫様」

　エリーが俺の腕に手を回したのを合図に、二人赤い絨毯を進む。周りからは途端に羨《せん》望の視線が容赦なく突き刺さる。なんだか誇らしい気分になって気持ちいい。彼女も久しぶりの華やかな場所だからか、機嫌がよさそうだ。

　彼女は例えるなら、月でも、太陽でもない。それらに負けない夜空の星しるべ。強い光ではないけれど、皆の行く先を指し示すその星のように。決してブレない意志の強さと、孤高で怜悧《れいり》な美しさを持って、静かに気高く凛と輝く。

　……俺といるときは、途端にただの女の子になっちゃうけどな。それだけ気を許せるのだろう。どんな人にも、時には休める止まり木は必要だ。

　我々がカジノ《ここ》に入るのは初めてだったからか、スタッフの連中は最初怪しんでいたようだった。ところが信用状と呼ばれる王都の銀行で作成された書類を差し入れると、あっという間にチップが用意された。なんとチップを載せるカートと、それを押すスタッフ付きという好待遇だ。

　カートは二台準備させ、一台をスタッフ付きでエルザに与えた。ライザは大はしゃぎで早速ルーレット台のほうに二人で消える。

「いやあ、あれだけのチップ、ポンとお渡しになるなんて……。さすがでございます」

　スタッフの一人が嘆息する。どうやらノーウォルドから来た、鉱物で一山当てた成金商人という設定は無事受け入れられたようだった。

　……ま、調査の結果クロだったら回収するから心配しないでっ。

　しばらくはルーレットでちまちま遊んでいたんだが、ここで打ち合わせどおりのセリフをエリーが口にする。

「ねぇあなた。このカジノ、イマイチ盛り上がらないわね。帝国のほうが良くなかった？」

　彼女は優雅に足を組み替え、フルートグラスを傾ける。うお、これぞ散財の女神……！　そして彼女はチップの山から一枚摘まみ上げる。

「それにこのチップ、たしか銀貨一枚よね？　ディナーどころか、カクテル代にもならないじゃない。私つまらないわ」

　彼女が手に持ったチップをはじく。クルリクルリと宙を舞うチップはそのままルーレットのベッティングエリアに。コロコロと転がり、赤《ルージュ》の二十三と二十七のコーナーでくるりと倒れた。直後ノーモアベットがコールされる。

「もうすこし派手に楽しめそうなところが良いと思うんだけれど……」

　やおら立ち上がると、傍らのボーイが持つトレーにグラスを置く。

　間もなく黒《ノワール》の二十四がコールされた。戻った配当から何枚かディーラーに投げ返すと、残りのチップをボーイのポケットに押し込む。

「あなたも、そう思わない？」

年若いボーイは、だらしない笑顔を見せながら何度も頷いた。

その一言でVIPルームに案内されることと相成った。作戦どおり、なのか？

エリーさんや。君、迫真の演技すぎん……？　悪女ムーヴやってると思えば。今度は扇子で顔を隠しつつさぁ、舌をペロッと出して笑うのやめよ？　俺の理性が決壊するから。

移動中、エリーに気になったことを耳打ちする。

「なあ。今のはなんかの魔法か？」

「え？　ルーレットで当てたことを言ってる？　……まさか。偶然。私も驚いたわよ。普通当たるなんて思わないじゃない？　『嘘！　当たった⁉』ってもう内心バクバク」

二人背中を丸めクスクス笑う様子は、さぞ不気味だったことだろう。


VIPルームは一般の客がいない分、ずいぶんと落ち着いた雰囲気となっていた。入る際チップが両替され、カートに載っていたチップがずいぶん嵩《かさ》を減らした。

「この部屋、最低金貨一枚からのチップだって。ヤバいねご主人様」

ライザが楽しそうに笑う。それって表の部屋とすると百倍じゃん……。

同じくルーレットをやってしばらく経つが、ゲーム自体はじわじわと負けている。

負けを取り返そうと大きく張るが、そのたびに逆に張ってしまい、さらに深追いしては負けを繰り返す。しかし意地になってもう引き返せない。どんどんチップを浪費する。さらに苛立ちを募らせチップを掛ける。

典型的な負けパターン。……それを演じる。

苛立ち紛れに席を立つ。酒をオーダーしつつ部屋をそれとなく眺める。奥にもう一つ部屋があることに気づく。

酒を持って来たウエイターに部屋のことを尋ねる。

「なあ、あの部屋はなんだ？」

「はい、あちらは『リラクゼーションルーム』となっております」

「ふーん。何があるんだ？」

「失礼ながら、あちらのお部屋はご紹介のお客様のみのご案内となっておりまして」

「てことは何か？　俺みたいな一見は、金だけ落としてさっさと帰れと、そういうわけか」

「滅相もございません。ただあちらはどなたか常連様にご紹介いただいた方のみとさせていただいております」

「結構イライラしててさ。俺もリラックスしたいとこなんだが」

「申し訳ございません、規則ですので――」

そう言っていると、『リラクゼーションルーム』から客が一人よろめくように飛び出してきた。素早く周りのボーイが支える。

「んだテメーは、俺のことほ、ほ、放っておけっ。それとも何か？　ま、まさか貴様、月からの刺客……!?　『組織』はもうそこまで？　しかしまだ『約束の日』の啓示はまだ」

……何言ってんだ、あのおっさん。リラックスしすぎたのか？

「ふ、ふふ、ふざけるなぁ！　ワシは侵略には屈しないぞぉぉ⁉　わ、我が『結社』の力を侮《あなど》るなよ⁉　く、くらえ！　火弾《ファイアショット》ぉ！」

妙なことを喚《わめ》き散らしているだけのおっさんかと思っていたが油断した。部屋の中で炎系魔法なんか使いやがって！

足取りもおぼつかないおっさんが放った火弾が、こちらへと飛んでくる。

亡国への提案

　ボーイに向けて飛ばしたのだろうが、的外れだった。火の玉がヘロヘロとこちらに飛んでくる。

水障壁《ウォーターウォール》を展開すると、へなちょこ魔法は力なく当たり、情けない音と共に瞬時に消え失せる。

　そのまま意識を失い倒れこむ客。ボーイが支えきれず、もろとも倒れそうになるところを支えてやる。

「あっ、お客様、大丈夫です！　こちらで対応いたしますので！」

「そうは言ってられないだろう？　急病人かもしれない……」

　おかしいことにはすぐに気づいた。倒れた客の目の焦点が合っていない。よだれもだらしなく垂らし、四肢に力も入らないようだ。恍惚《こうこつ》とした表情。そしてなにより。

「なあ。なんだ、この臭い」

　客から漂《ただよ》う特徴的な香り。戸惑うボーイを尻目に客をエリーに任せ、先ほどこの客が出てきた扉に向かう。

「あっ、お客様、いけません！　そこは立ち入り禁止」

　開けたとたんに広がる異臭。酸《す》っぱく、甘い。タバコのような匂いも混じる。

　間違いない。麻薬の使用現場だ。

　客にはエリーが解毒《キュア》の魔法をかけると明らかに反応が良くなった。

「もう大丈夫だけれど、薬物の影響を受けていたことは間違いないわ」

エリーがこちらを見て硬い声色で報告する。

「さて、これはどういうことなのか。説明を」

「困りますお客様、勝手なこととされては……早く救護所に連れ出せ！」

遮《さえぎ》るような言葉と共に、恰幅《かっぷく》のよい紳士が現れた。薄暗くて判然としないが、おそらくはフックス男爵本人。

「……あんたは？」

「当館のオーナーです。このたびは大変ご迷惑をおかけしました、ぜひお詫びをさせていただきたく、あちらで……ささ」

「いやこちらで結構。ところでこの部屋はなんだ？　おおよそマトモなモノを提供している部屋には思えないが」

「お客様……お客様もお人が悪いですな。すでにおわかりなのに。アベーンの実、つまり」

「麻薬、だな」

「さようでございます。本来なら一見《げん》のお客様はお通ししないのですが、今回はご迷惑をおかけしましたので、特別に。さ、こちらに」

「悪いが今日はそれをヤリに来たんじゃないんだ。……フックス男爵。我の顔を忘れたか？」

「は？　お客様は確か今日お初にお目にかかるかと」

「そうか……『この者、男爵位でありながら伯爵に比肩するほどの貢献を我が国にもたらしております』と財務卿から紹介を受けたのだがな。あまり我に興味はなかったようだ」

「その物言い……まさか……陛、下」

「フックス卿。そなたのしていることは国家荒《こう》廃への道を進む危険な行いだ。ゆえに我はそなたの行いを正さねばならない。大人しく縛に就け」

フックス男爵はしばらく押し黙っていたが、やがて低い笑い声を発したかと思えばゆったりと顔を上げた。

「……ふ、ふふ。何を言うかと思えば。簒奪《さんだつ》王の分際で、片腹痛いわ！　後のことはどうとでもなる。ここで口をふさぐ。丸腰の今こそ我らの大願を叶えるチャンス。者ども、かかれ！」

エリーと二人、バフを互いに掛けつつ壁際に下がる。対して、ボーイはナイフを取り出すと逆手に持ち間合いを詰めてくる。

「いけるか？」

「だれにモノ言ってるのかしら？」

「頼りにしてるぜ、相棒」

相手は大振りせず、突きを中心に細かく攻撃をしてくる。いくつかいなしてからジャブを放つ。顔面にクリーンヒットし、よろけた敵の足を払って腕を取る。

「すまんな」

腕を折るときの感覚はいまだに慣れないが仕方ない。手首を踏んでナイフを奪う。

その後も数人相手する。ナイフで牽《けん》制する間にエリーが転倒《トリップ》などで翻弄《ほんろう》する。倒れた敵を無力化し次に向かうときにはすでに相手は金縛り《ホールド》されている。

「簡単なお仕事だな」

「たまには役に立つでしょ？」

隣でエリーが微笑む。

敵は次々と湧いてはくるのだが、そのたびにエリーの阻《そ》害魔法が功を奏し、俺は基本一対一の戦闘で済んでいる。こちらは安物のナイフ一本なので正直助かる。

「いつも感謝してるよ。やっぱりエリーは最高の相棒《バディ》だ」

「ふふ。あとでご褒美、おねだりしなきゃね」

「お手柔らかにな」

しかしエルザとライザはどうしたんだ？　まさかギャンブルが忙しすぎてこちらに気づいていないとか？　そう思った矢先だった。

「――そういえばあちらのお連れ様、ずいぶん大人しいですが大丈夫なのかな？」

男爵の視線の先に目をやると、信じられない光景が。なんと後ろ手に縛られたエルザとライザが、乱暴に床に転がされ、剣を突き付けられている。

「え、エルザ!?　ライザもどうした!?」

問いかけに応じる気配がない。何があったんだ!?

「さて、悪役のような言い回しはしたくないのですが……お静かに願いましょうか。お話し合いといきましょう」

是非もない。俺は手に持ったナイフを床に放り投げる。

「話し合い？　脅《きょう》迫の間違いではないのか？」

男爵の口元が醜《みにく》くゆがんだ。

「陛下、あまり挑発はなさらないほうがよいのでは？　それに私ばかり気を取られていては」

「きゃっ⁉」

「エリー⁉」

「大事なものが手元から消えてしまうこともありますからね、ご注意あれ」

　わずかなスキをつかれた。エリーは捕らえられ、男爵の前に連れられて行った。取り返しにと身体を向けたとたん、一斉に剣を突き付けられる。

「さて。お初にお目にかかります、聖女様。このような出会いとなってしまい、まことに申し訳ございません」

「……お気遣いなく。それより、離していただけますか」

　後ろ手に縛りあげられているエリーが、腕をよじりながら男爵をにらみつけている。

「お話が済めばすぐにでも離すつもりでしたが……やはりお美しい」

「……は？　こんな時に何を」

　エリーが眉根を寄せる。

「陛下の身辺調査の中で知識として知ってはいましたが……。いや、あなた様を見ているとどうにも気が変わってしまいそうで、自分が怖い」

男爵がエリーの顎に手を添える。

「……！　私に触れるな‼」

「おや、意外と気の強い面もあると。それもまたよい。いや聖女とは神聖性で人々を惹《ひ》きつけているとばかり考えておりましたが。あなたのそれは、まさに女の魔性のそれですね」

「貴方。神の使徒に対し不敬ですよ」

　エリーが今までになく冷ややかな目で男爵を見上げる。

「おっと失礼、うっかり本題を忘れるところでした……さて陛下。取引です」

「犯罪者が取引、か。こんな情勢で取引を持ち掛けるなど、どう考えてもロクでもない内容だろうが……。いいだろう、言ってみろ」

「いや話が早くて助かります〜。なに、簡単です。ひとつ、書類にサインをいただきたく」

　揉み手をしながら話す。正直好きになれないタイプだ。もっとも、こんなことをしでかしている時点でお友達にはなれそうもない。

「……サイン、だと？」

　男爵は指を三本立てると、機嫌良さそうに語りだした。

「ええ。内容を簡単にお伝えすると三点でございます。ひとつ、麻薬取引は王家の指示で私が専売で行っている。ふたつ、この取引に税は徴収しない。そして最後に、私に対して不逮捕特権を与える、このみっつ」

「……ずいぶんな欲張りセットじゃないか」

俺の嫌味な物言いにも動じることなくどこ吹く風だ。

「そうですか？　陛下はこの者たちを大層ご寵《ちょう》愛のご様子。彼女たちの命と引き換えるには、むしろ安すぎる取引だと思うんですがね？　あ、なんなら伯爵位でも付けてもらいましょうか。では四点ですね」

「貴様……掛け値なしのド悪党だな」

男爵は肩をすくめて笑った。

「交渉上手、と褒めていただくのがより適切かと存じます」

「さて、困ったものだな。王としてはそのような条件、とても飲めるものではない。が、仲間を掛け金に乗せられたとなると、そうはいかんか……」

「ウォーレナ、だめ。そんな要求、拒否して」

後ろ手に拘束されたエリーが、身をよじりながら訴えかける。

「さてどうします閣下。あまり時間はありませんが」

「よし、決まった。答えは……ノーだ。当たり前だろ、このバーカ‼」

俺の罵《ののし》りを聞いていたのか、絶妙なタイミングで屋根が吹き飛ぶ。直後、至る所に連続で雷が落ちる。エルザとライザにも落ちたんだが、大丈夫か、あれ？

「きゃあああああ‼」

落雷の轟音にエリーの悲鳴が重なる。雷の一つはエリーを拘束していた兵士を寸分たがわず打ち据える。崩れ落ちる兵士を押しのけた彼女は、よろめきながらも駆け出し、俺の胸に倒れこみながら飛び込んでくる。

「すまなかったな、よくがんばった」

「大丈夫よ、あの程度。蛮族との闘いより百倍マシだわ」

エリーが顔を上げて不敵な笑みを浮かべる。声は震えているものの、気丈な女だ。

「上出来だ」

頭をなでてやると、ギュッと抱きしめられた。かと思えばパッと離れ、隣で男爵に相対する。

「呼ばれて飛び出てこんばんはー！　じゃの」

古竜の姿でやってきたクロエがご機嫌な様子で挨拶をかます。

「いてて……。お館様……？　これはいったい？」

ライザが目を覚ましたようで、頭を振りながら起き上がった。

クロエの背に乗るメグが明かり《ライト》を複数置き、辺りはあっという間に明るくなった。

「何やっとるんじゃ、この未熟者ども！　寝ぼけとらんでさっさと起きんか！　それとももう一発雷撃食らわせてやろうか⁉」

クロエの喝《かつ》にエルザ、ライザの姉妹は寝ぼけ眼《まなこ》をあっという間に見開き、慌てて立ち上がる。

だがなにがしかのダメージを受けているのか、足元がおぼつかない様子だ。

「クロエ、ナイスタイミング！」

「ふふん。じゃろう？　ほれ、受け取れ。主らの武器じゃ」

上空から放り投げられた俺とエリーの武器をしっかり掴んでエリーに投げ渡す。すらりと鞘から剣を抜き放つと宣言する。

「さて諸君。これよりこのウォーレナ・グレンヴィルが粛清を行う。どこからでも掛かってくるがよい！」

額面どおりに切りかかってきた敵を一刀のもと袈裟切りにする。ズルリと倒れる音と血煙の生臭さに、頭が急速に澄《す》み渡っていく。

勇敢なのか、ただの蛮勇か。前から順に死んでいく。なるべく殺さないという『手心』が不要な相手には竜術を使うまでもない。

俺は相当、頭に来ているらしい。背を向ける敵も真っ二つ。本来やらないであろう残酷な攻め方をしている。だがこれは自覚的にしている。こいつらは絶対に許さん。

まもなく形勢が明らかに不利であることに気が付いたのであろう、男爵は慌てだした。

「な、くそっ、守護竜も付いているとは聞いていたが、早すぎるだろう！　ええい、貴様ら、掛かれ！　簒奪王の首を」

「そんなこと言ってるヒマ、あるのかよ？」

男爵との間合いに一気に詰め寄り一閃。思わずかばう体勢となった、がら空きの左腕に切りつける。左手の指を数本、斬り飛ばした。途端に噴き出す鮮血。

「ひっ、くっ、くっそおおおお‼」

わたわたと剣を抜き放つ男爵。鬼気迫る表情でこちらに刃を向ける。興奮からだろうか、痛みは感じていないようだが震えが出ているようだ。剣先が小刻みに震える。

「貴様。王に剣を向けることの意味、わかっているだろうな？」

「なっ、なんで今日来やがったんだっ。あと一週遅ければばっ……、ちくしょう！」

血走った眼、口角からは泡を飛ばしながら叫んだ男爵は、半《なか》ばやけくそのように打ち下ろしてくる。

「遅い」

身をかわし、剣を弾く。相手の脇に踏み込むと同時に斬り上げ。防ごうとする左腕もろとも男爵の首を刎《は》ねた。乱雑な音を立てて男爵の剣が転がり、重さを伴った肉が崩れ落ちる。

転がった首に向かって話しかける。

「首を取られたのは、貴様のほうだったな」

驚愕の表情で見上げる男爵の首に話しかけると、わずかに目をみはった。斬られたことにすら気が付いていなかったのだろう。その後すぐに生気が失せた。

領民のみならず、王国の全体の民を食い物にして私腹を肥《こ》やしていた奴だ。同情の余地など、欠片《かけら》もない。

気づけば周りで動く敵は失せていた。すべて排除したか、逃げ出したか。

いやそんなことより、だ。

「エリー！　大丈夫か⁉」

いつの間にかメグが隣でケアしてくれていたようだ。メグを見るとにっこりと笑って頷いたので、おそらく大丈夫なのだろう、ひとまず胸をなで下ろす。

「もう、おおげさよ。ウォー……兄さん。大丈夫」

「油断していた。守り切れなくてすまなかった」

床に剣を突き立て、エリーを抱きしめる。

「ちょ、ちょっとどうしたの？　……もう」

「すまない。良かった無事で……ありがとう」

謝罪の気持ちを、無事だったことへの安堵を、相棒として戦ってくれたこと、そして信じてくれたことへの感謝を込め、ひとしきり抱きしめる。彼女はため息をつくと「心配性ね」と囁くと、俺の背中に手を回した。

互いに腰に手を回したまま腰を反らせ、すこし離れて自然と見つめ合う。見上げる格好のエリーはじっと上目遣いにこちらを見る。

彼女の潤んだような瞳に、わずかに開いたみずみずしいその唇に、ついつい目が行ってしまう。

そして先ほどの男爵の言葉が、不意に脳裏に浮かぶ。

あなたのそれは、まさに女の魔性のそれですね――

いやいやいや、周りに仲間もいるんだぞ。ああでもダメだ。抗えない何かが、確かにそこにある……！　そんなときだ、ふいに引っ張られる感覚に、意識が引き戻される。

「のうのう、主よ。我の登場タイミング。絶妙だった気がしておるんじゃがのう？」

見るとクロエが袖を引っ張ってドヤ顔を見せている。助かったー！　クロエに答える格好でエリーと離れる。彼女の表情がすこし不満げに見えたが、見なかったことにする。……見なかった！

「いやあ、まさに阿吽《あうん》の呼吸って奴だよ、ホント助かった。ありがとな、クロエ」

途端にクロエの表情がニマーっと笑顔になり、得意気に話し出す。

「そうじゃろう、そうじゃろう。むふー、なにせ我は主が何をやっとるのか手に取るようにわかるのでな！　ほれほれ、もっと誉めそやしても、良いのじゃぞ？」

「さすがだな！　こちらの様子がわかるとは、契約というのはやはり便利……」

ん？　こちらの様子がわかるってのは、なんでも見られているということ、なのか？

「なんじゃ急に黙り込んで。いかがしたのじゃ？」

「いや様子がわかるということは、俺が普段やっていることは……？」

「うむ、だいたい知っておるぞ。ただ……」

「う、うわあああああ‼」

行動のすべてが見られている……だと⁉　あんなこととか、こんなこととかも⁉　嘘だろ、これは恥ずかしすぎて死ねる。

「な、なんじゃ突然。心配せんでも我が意識を向けておらなんだら様子などわからん！　お主が娘と夜中にこっそりイチャイチャしようが何しようが知ったことではない！　……興味がないと言えば、まぁ……嘘になるがの」

そ、そうか。四六時中見られるわけじゃあないんだ。ならセーフ、か？　……ん？

「ちょっと待て。今の流れでなぜ俺が夜中にこっそりイチャイチャしてるって話題になるんだ？」

「ん……？　それはー、その。……そう！　物の例えじゃ」

「のぞき見は、あまり趣味がいいとは言えないぞ？　クロエ」

「わ、わざとじゃないんじゃたまたまなんじゃ！　夜中に散歩に行ったから何やっとるのかなって気になっただけなんじゃぁ」

こいつ、夜中のエリーとの散歩を覗き見しやがったな!?

「やっぱりお前、あの夜のこと……！」

「ふえっ、許してたも。……っていうかたまには我のことも褒めよ！　今は我にちやほやして、よしよしする時間なのじゃあ～！」

ここで逆切れかよ。

「わかった、わかったから泣くなよ……」

ったく、今の事実が衝撃的すぎて、こっちが泣きたい気分だよ。

覗《のぞ》き見防止の道具とかあるはずだ。絶対準備させよう。俺のプライバシーのために。


次はエルザとライザに向き直る。彼女たちだが今はすっかりもとに戻り、しょんぼりと床にぺたんと座り込んでいる。めずらしい様子だからか、ビルも先ほどからライザから離れようとしない。

「さて、お次はお前たちだが……」

「ご、ごめんなさいご主人様……」

ライザが泣きそうな表情で見上げ、謝ってくる。なんだよめずらしいな。いや、そもそも多分彼女たちに過失はないと思っているから、そんなに恐縮しなくてもいいんだが。

二人の前にしゃがんで目線を合わせる。

「そんな謝らなくていいぞ。ただ、気が付いたら二人が倒れていた状況だったから、こっちも困惑してな。いったい何があったんだ？」

「そ、それがルーレットをしているときにボーイから飲み物を受け取って、美味しいねってお姉ちゃんと話したところまでは覚えてるんだけれど……」

「気づけばあの有様でした。ご迷惑をおかけしてしまい、申し訳ございません、ご主人様」

エルザもめずらしく気落ちした様子で頭を下げる。

竜種をも短時間で昏倒させる代物が存在するということか？　後で生きてる連中を締め上げて吐かせよう。

「いや、未知の品ということなら、お前たちばかりを責めるわけにはいかない。気にするな。そんなことより、みんな無事だったんだから問題なし！　……っとそういえばミミは」

「ここにいるよ～、みんな大変だったっぽい？」

彼女はひらひらと手を振るとこちらに近づいてきた。

「完全に他人事だな」

「それちょっとヒドくない？　ウチは斥候《スカウト》だから、そもそも表に出ることがダメっしょ。ガチンコ中は役に立たないから引っ込んでるし」

ミミは腰に手を当てながらぷう、と頬を膨らませる。彼女の役割からすればむしろ自然か。

「確かにそうか、すまん。で、首尾は？」

今度は肩をすくませながら苦笑いを返す。

「麻薬がらみの流れはわかる帳簿、っていうのかな。そういうのはあったよ」

「歯切れが悪いな。じゃあそのほかがイマイチってことか」

「正直、あんまり。用心深いヤツって言うんだろうね、他に目立った物っていうのが逆にないんだよね……机の下からこれ見つけただけ」

　そう言ってピッ、と取り出したのは一通の封書……の封筒だけ。

「……ん、オルレーヌ語、か？　しゃ、しゃのあ？　なんだ？」

「シャノワール。黒猫って意味ね」

　覗き込んできたエリーがさらりと答える。ふわっと漂ういつもの良い匂いに毎度心がざわついて何とも情けない。

　しかしここでも帝国か。送り主はそれだけ。真っ白な封筒に、ありふれた封蝋が施されている。

「封書の類は他には？」

「結構数あったよ。持ってくるの面倒だったから後でもいいかなって。ただそれだけやたら上質だったから、気になって」

　そう言われて見直してみると確かに真っ白で肌触りがやたらいい、ヨレてもいない厚めの紙で作られている。ピンと張った封筒の角が、造りの丁寧さをも示している。普段使うであろう他の物と比べ、その質は明らかに抜きんでていた。

「オルレーヌ語圏の送り主に上質の封書……」

　先の子爵に続きここでも帝国の影、か。

「あとはギルに調べさせよう。特に封蝋は帝国の主要な家のものも併せて。……おそらくどの家の紋にも該当しないだろうが」

「なんでそう言い切れるの、ダンくん？」

「仮に秘密にしたい通信なら、ここに関係を匂わせるものは残したくないでしょ？　だから仲間内でだけ通用するシーリングスタンプを使っていると考えるほうが自然よね。つまりどの家にも該当しないということは、秘密の通信に使われていた可能性が高いと言える……ということでしょ、兄さん？」

「そのとおりだエリー。……ま、そんなこと、あってほしくはないんだが」

翌日。男爵が死んだことを受け、縛りがなくなった騎士団が続々と街に入った。街の暗部を知る者は固く戸を閉じ、表に生きるものは見世物のごとく騎士たちに歓声を上げる。

俺たちが逗《とう》留する宿を、ギルバートが訪れたのは夕刻になってからだった。ひととおりカジノと男爵、そして麻薬の件の報告を受ける。証拠もしっかり押さえられたということで、販路の摘発に乗り出すとのことだった。

「ただ、上流側……仕入れ先については秘匿《とく》されており難航が予想されます。封筒の件も、やはり該当する家紋は王国、帝国内それぞれに該当するものはありませんでした」

「予想できたことだ、残念だが。まずは麻薬流入が止められたことを喜ぼうじゃないか」

「そうですね、大変な成果かと。男爵についての報告は以上です。次に公共投資……橋の件についての報告をさせていただきたいのですが」

同じような規格で同時多発的に提案されている橋の件か。財務卿が気をもんでいるようだが、いったい何が飛び出すやら。頷くとギルバートは別の資料を取り出し報告を始める。

「こちら、結論から言うと限りなく黒に近いグレーです。見た目は若干異なりますが、構造材の規格は全く同じ。工法も然《しか》りで、上部の意匠《デザイン》のみ変えているようです。単なる目くらましですね。予算価額は適正、もしくはすこし安価かと」

「ここまでだと別にいいじゃないか、という話になりそうだな」

「ええ。次に仕入先と施工業者です。これらは各貴族で異なりますが、上流をたどると一つの商会にたどり着きます」

「なるほど。その商会が規格を統一して単価を下げた、と言えなくもないな」

「おっしゃるとおりです。が、実はここからが本題です。これらの橋の計画、各貴族から出されているためわかりにくいのですが、すべてを地図に落とすと一目瞭然です」

そう言ってギルバートは王国の地図を広げた。申請のある橋の位置を淡々と並べていく。やがて考えたくない結果が机《き》上に現れた。

「これは……帝国国境から我が王都までの最短ルートばかりじゃないか？」

「さようです。今回の橋の件、諸侯が意図的なのか提案のまま計画したのかはともかく、いずこかの意思が介在していると考えて間違いありません。そしてそれを主導しているのが仕入先の頂点に立つ商会――」

「――ヒルソン商会……か」

ヒルソン商会。それは双子の実家。つまり俺は、これから彼女たちの生家を調べ――そしておそらく廃さなければならない。

「いかがされますか？　まさか手心など」

「無論、無用だ。いつもどおりに行く。いいな」

ギルバートは一礼をして部屋を出ていった。

一人になって考える。この報告を聞いてもなお信じられない気持ちと、やはりか、という思いがないまぜとなっている。このことを双子にどのように伝えるべきか。

「ありのまま、伝えるしかないだろうなぁ……」

立ち上がり、窓の外を眺める。カジノの灯が落ちたリヒハイムは、ひどく寂しい。

◆◆◆

近衛長のスペシェから、会談相手が死亡したと聞かされたのは驚きだった。が、続けて死因が愚王に討たれたためと聞かされたことの衝撃に、しばらく言葉が出なかった。

「では、男爵家は」

ようやくそれだけ絞り出せた。スペシェとベリータは膝をつき、頭を下げている。

「はい、シルヴェーヌ皇女殿下。残念ながら、即刻御家取りつぶしとのことです」

「二人とも、頭を上げてください。……しかしなんてこと。先日のトラントフ卿といい今回といい、愚王は愚かなだけでなく暴虐でもあるのですね。……それで、フックス卿の取りつぶしの理由は？」

「なんでも王家に逆らったから、ということらしいのですが詳細は。男爵家の者はことごとく死亡、あるいは騎士団に捕らえられているため、情報が入ってきません」

　本当に情報がないのだろう。突然の出来事だったに違いない。逃げ出してきたものもいなかったということは、愚王は徹底的にフックス卿をつぶしにかかったのだろう。

　カジノは確かに良い物とは思わないが、必要悪と捉えてもよいのではないのかと考えている。さらに税収も見込めるのだから、排除する理由には程遠い気がする。

……ただ本当に気に入らなかった、という理由でというのも、逆に納得感が増す。

「そうですか……。気に入らないとなれば容赦なく切り捨てるとは、どこまでも度し難い。……スペシェ殿。今後は後《おく》れを取らぬよう。可能であれば先んじて賛同者の保護を。いいですね」

「御意」

「しかし妙だと思いませんか？」

「妙……とは、いかがされましたか」

「トラントフ卿の街の民のことです。思い返してみれば街を巡ったとき、ずいぶん明るい街なのだなあと思っていました。けれど、領主がいなくなった翌日だったのですわよね？　だというのにあの街の雰囲気。違和感があります。何か裏がありそうな気がするのですが。……どうしました、スペシェ殿？」

私が話すうちに表情がどんどん険《けわ》しくなって、何かしら考えごとをしているような素振りを見せていた。声を掛けるとハッとこちらを見て、慌てて頭を下げる。

「も、申し訳ございません。つい考えごとを」

「よいですよ。しかし、どうやら計画も急がねばならないようですね……」

ひととおり打ち合わせが終わると近衛長《スペシエ》とベリータは一礼し、部屋を後にした。

しんとした部屋。一人窓際に立ち空を見上げる。ため息を一つ。空には私の気持ちを代弁するかのような、どんよりとした雲がたれこめている。

そういえば先日のノーウォルドの商人。名をダンと言ったか。あれほどまっすぐな性格だと、さぞ商売もしにくいだろう。この街での商談はうまくいったのだろうか。

「ダン……様」

囁くように彼の名を口にしたとたん、胸がほんのり温かくなる。

「あのようなお方が、王国にも増えればよいのですが……」

生家への疑念

朝からしとしとと降る雨のおかげで、久々の休日となった。だが空模様と同様、俺の気分はとても重い。双子の生家のことを彼女たちに話さねばならないからだ。

「――という理由で、我々はヒルソン商会を立ち入り調査しなければならない。本来身内であるお前たちにこのことを話すこと自体、あまり良いことではないんだが……。大切な仲間としての二人に伝えることにした。……理解、してくれるだろうか」

　メグとビル。二人は静かに説明を聞いていた。

「国の重要な事柄を、ボクたちなんかに話してくださって、ありがとうございます」

　二人は深々と頭を下げた。再び上げたその表情に、批判や便宜《ぎ》を求めるような気配は感じられなかった。ただ正義を成す。そんな決意すら感じられた。

「心配しないでください。ボクたちはすでに家を出た身。それに国の法や国益に害をなしているというのなら、処罰を与えるのは必定かと。陛下……ダンさんは何も気にすることなく、法のもと、淡々と執行なさってください」

「そうか。わかった、ありがとう。でも辛かったら、いったんノーウォルドの家に戻っていてもいいんだぞ？　そのときはギルにでも頼んでみるが？」

「お気遣いありがとうございます。ですが、その必要はありません。ボクたちも連れて行ってください。ヒルソンの名を持つ以上、ボクたちには見届ける義務があると思っています」

「……わかった。なら手伝ってくれるか。メグ、ビル」

「うん、任せてよ。お師匠……あれ？　陛下って呼ばなきゃいけないんだったっけ？」

「この任務中は陛下呼びを控えてくれ、とは言ったな」

「ご、ごめんなさい、へい……お師匠」

一同から笑いが漏れる。空気が和《やわ》らいだ気がする。

「とはいえ兄さん。このままだとこの子たち、兄さん以上に目立つ存在になるんだけれど。いっそ変装でもさせる？」

「それはよいの。ふむ、そうじゃの……む。くふふ、よい案があるぞ主よ？」

クロエが悪い笑みを浮かべた。多分ロクな案じゃない。

「よし善は急げじゃ、買ってまいるぞ。エルザ、お前も来い。双子もじゃぞ！」

「はいはい、かしこまりましたお館様。……ではご主人様。引率、行ってまいります」

引率って。エルザもたまに毒吐くよなあ。てか妙な悪だくみについて、了解したつもりはないんだが？

宿の扉を開けるときには雨は上がっていた。困惑したような表情を見せつつもキラキラと光る石畳を歩く彼女たちを見送るうち、まぁいいかという気にさせられた。

——その後しばらくして四人は宿に帰ってきたのだが。

「なんだその恰好？」

「へ、変でしょうか……」

メグがそわそわとスカートを払うしぐさを見せるその姿は、いわゆるメイドってやつか。城でよく見るスタイルだ。

スカートがくるぶし近くまであり、腰にはエプロンと一体なのであろう大きなリボン、胸元には赤い棒タイが蝶結びで飾られている。頭にはフリフリした……あれ、何て言うんだ？　飾りが乗っている。

「ああ。ちょっと驚いたが、メグっぽくて変じゃないよ。可愛いと思う」

「えへへ、眼鏡は慣れないんですけれどね。ありがとうございます……ご主人様」

そういってメグは優雅にカーテシーで挨拶する。へえ、堂に入ったものだ。

「うう……やっぱ恥ずかしいよお、クロエ姐《ねえ》さん」

対してビルはなんだか恥ずかしそうにしている。彼女の姿もメイドのカテゴリに入るのだろうが、メグのとはすこし……いや結構違う。一番の違いはスカート丈だ。

「なんでこのメイド服、こんなにスカート短いの⁉　メグのとずいぶん違うんだけど⁉」

「なんでっておぬし、長いスカート履いて剣を振り回すつもりか？　その長さのほうが動きやすいじゃろうに」

ビルは顔を真っ赤にしながら、拳を上下にブンブンと振ってクロエに抗議する。

「だからってこんな短かったら！　うっかりみ、見えちゃうかもしれないじゃんか！」

クロエのほうはというと、面白がって……あれ？　若干面倒くさそうじゃね？

「それはさっきも言うたとおり、中にフリル多めのペチコートを着とるから見えんと言うとろうが！」

そう言いつつペロンとスカートをめくるクロエにぎゃあ！　とビルが叫ぶ。

「そもそもこんなヒラヒラした服、俺に似合うわけないじゃん、やだ恥ずかしいよお！」

涙目になって来てる気がするぞ？　なんだか気の毒になってくる。

「そうかの？　どうじゃ主よ。なかなか可愛らしいとは思わんか？」

とうとう面倒になったのか。クロエはニヤニヤしつつ、こっちに処理を丸投げしてきた。

「お、俺かよ!?　うーん、そうだな……」

そんな不安そうな目で俺を見るな、ビルよ。ったくクロエも人が悪い。

「うん、かなり可愛いと思うぞ。短めのスカートも、活発なビルに似合ってる。胸元もメグと違ってそれもいい感じじゃないか？」

「ほ、ほんと？　お師匠」

「ああ。多分ビルが思ってるより、ずっとメイドさんしてるぞ？」

「だから言うておろうに。さ、あとはこのウィッグと眼鏡をつけて……ほい完成」

途端に清楚系ビッチメイドが爆誕した。頭のフリフリは同じだが、いつものくりくりショートヘアでなくストレートロングのウィッグなので、ずいぶん雰囲気が違う。

メグの棒タイに対してビルはリボンタイ。背中のリボンもメグより長めに取られている。白の長い靴下？　とそれを多分腰から吊り下げる紐？　……女の子の服はよくわからんな。それがスカートの中へと消えている。靴は革かな？　動きやすそうだがピカピカの靴を履いている。これはメグも同じなんだろうか。

　よほど恥ずかしいのか、スカートの裾を手でぴん、と伸ばしている。

「じ、じゃあこれで、がんばってみるよ……ご、ごしゅじん、さま」

「あっはい、よろしく……頼む？」

　え、おいこっち向けってば。なに顔真っ赤になってんだよ。

　ヒルソン商会がある街、オスヴァルドへは三日ほどの旅だったが、近づくにつれ双子の表情が曇っていく。いろいろな思いがあるのだろう、さすがの俺もそんな雰囲気は察することができたが、その点について自分から話題にすることはしないと決めていた。

　内容や目的がどうあれ、彼女たちが俺に対して気遣うことが容易に知れるからだ。その辺のケアは、悪いとは思いつつもエリーやクロエなどに頼んだ。

　街に入るころには二人はすっかり寡《か》黙になってしまっていた。馬車の対面に俯《うつむ》き加減で黙って腰掛ける彼女たちに、冗談を飛ばせるほど俺は無神経でもない。

　宿に入りさっそく聞き込みを始めてみるが、ヒルソン商会の評価は見事に二分していた。街の名士という側面と汚い商売をする側面。

　ヒルソン家はもともと四人家族だった。本妻を早くに亡くしてからは、しばらくは使用人もいたので娘二人と三人で過ごしていたが、二年ほど前に再婚。連れ子を合わせて五人家族となる。

　そのころからメグ、ビルへのいびりが始まる。表向きわかるようなものはない。彼女たちが大事にしている物がなくなる、大事に飼っていた鳥がある日庭で無残な姿を晒《さら》している。家の大切なものが壊れ、彼女たちのせいにされる。部屋に野生動物が飛び込み、部屋中汚された。彼女たちが受けた注文ばかりなぜかいたずらが多い。などなど枚挙には暇《いとま》がない。

　とどめは連れ子の義理の兄がメグへ行った暴行未遂だ。父親がいないときを狙って義兄が彼女を襲ったのだ。

　悲鳴を聞きつけたビルに義兄は蹴り飛ばされ難を逃れたメグだったが、それ以来家族の関係は決定的に冷え込んだ。いびりは使用人からも行われるようになり、我慢できなくなった二人はついに家を飛び出した。

「――現在商会はすでに後妻であるマノン・ヒルソンが実質的に牛耳っているようで、彼女たちの実父であり、主人のウイリアム・ヒルソンは半ばお飾りとなっているようですね」

　先行して街に潜入していたギルバートが、聞き込みの結果を報告し終えて口を閉じた。

「義母は自分の息子に店を継がせたいようです。ボクたちは邪魔だったんです」

　すっかり冷え切った表情でポツポツと語る様子からは、いつもの優しく明るいメグは想像もできない。いたたまれなくなり、二人を呼ぶとソファの両側に座らせ抱き寄せる。

　彼女たちは泣き出しこそしないものの、何かをこらえるかのように強く歯を噛みしめる。

　ギルバートが「あっそうだ！」と手を打ち鳴らし、メグがビクリと震える。きっとこの空気が耐えられなかったのだろう。うるさい。

「そうそう。言い忘れていました。後妻のマノンですが、帝国出身です。どうも帝国への利益還流も積極的に行っているようで、この一点だけでも罪に問える可能性が高いです」

「おいおい、一番大事な情報じゃないかそれ？　派手に取引したらそりゃ目立つというのに。詰めが甘いな。……よし、まずはその線で締めあげてみようじゃないか」

「御意」

「さあ二人とも、殴り込みだ。覚悟はいいか？」

彼女たちは俺の言葉に呼応するように立ち上がると、大きく一つ頷いた。

手入れ、のち逃走

「――以上のとおり、他国への不正送金、外患誘致の疑いで連行する。また店舗、倉庫についても只今より調査する」

　早朝からの多数の近衛兵の来訪、さらにはギルバートの言葉にさえ、主人の妻、マノン・ヒルソンは意外にも平然としていた。

「そうは申されましても。そのような事実、万に一つもございません。謂《いわ》れなき罪をでっち上げられるのは甚《はなは》だ心外なのですが」

「そ、そうはいってもな。王家の正式な書面、召喚状だよ？　マノン」

　隣で人の良さそうな男が押しとどめようとしているのか、説得にかかっている。おそらく彼が主人のウイリアムだろう。

「貴方はお黙りなさい。正式な書面だろうが何だろうが、やってないものはやってません。だいいち、たかが騎士風情の言葉に従う道理がございませんわ」

「王家に逆らってもいいことなど一つも」

「貴方。さっきから王家王家とうるさいですけれど、そもそも今、この国に、王家なんて存在しないではないですか。今いるのはあの『簒奪王』。どさくさ紛れに国をかっさらった人間に、どうして従う必要が？」

まぁそれについては、わからんでもない。正直すまん。情報発信不足だ。

だがこれでは話が進まない。強引にいくかどうしようか迷った。そのわずかな間に割り込むように言葉を発した者がいた。メグだ。

「なんと無礼な！　現王はとても民に優しく、騎士や文官たちからも信の厚い、真に国を憂《うれ》いている立派な方です！　決して『簒奪王』などと揶揄《やゆ》されるようなお方ではございません！」

おいおいメグ。なんでわざわざ目立つような行動をするんだ！

「ちょっと、なんですのこのメイドは。最近の騎士団はメイド付きで遠征されるのですか。……？　あら？　貴女、まさか……」

「ん？　ま、マーガレット……マーガレットじゃないか⁉　隣にいるのは、ベアトリス！　二人とも、生きておったのだな」

マノンと主人のウイリアム、双方が彼女たちの正体に気づいたようだった。ってまぁ、面と向かって会話すればそりゃバレるわな。クロエのプランは徒労に終わったようだった。うん、わかってたけど。

「お久しぶりです、父上……と、マノンさん」

「貴女たち、今までいったいどこで何をしていたの⁉　家を守り盛り立てるのが家族としての務め。せめて嫁に行って家に多少なりとも貢献してちょうだい。だいたい――」

マノンが説教を仕掛けたかと思ったら、脇の若い男がしゃしゃり出てきた。

「お、エッチな雰囲気のメイドがいるかと思ったらマーちゃんとビーちゃんだったのかよー。なんだ、反省して家に帰ってきて、メイドとして俺に奉仕するってことか？　ようやくその気になったってことね」

「……シャルルさんも、相変わらずのご様子で」

うんざりした様子でメグが挨拶する。どうやら『マーちゃん』がメグで、『ビーちゃん』がビルを指しているのだろう。センスの欠片も感じさせない呼び方だなぁ。

「んで俺のメイドちゃんたちは、なんでそんなスケベな恰好してんだよ？　そこのオッサンの趣味？　まぁ悪くないけど！　てかこのオッサンたち何しに来たの？　客じゃないよね？」

「シャルル・ヒルソンだな？　貴殿にも暴行、傷害などの嫌疑が掛かっている。速やかに縛に就かれよ」

　眉間にしわを寄せつつ、ギルバートが問いかける。

「えっ、なにそれこわ。なんかの冗談？　オッサンたち、ちょっと腕に自信ありそうだけどさ、調子乗ってっと痛い目見るよ？　ウチの傭兵、試してみるか？」

「ばっ、なにバカなことを言ってるんだ！」

　ウイリアムが青い顔で声を荒らげるが、バカ息子はどこ吹く風といった様子だ。

「あら、いいじゃないですかアナタ。突然押しかけてきて。おおかた難癖をつけて金をせびろうとする輩でしょう。傭兵の方々につまみ出して貰いましょう」

　マノンが手をパンパン、と二回打つと、店の奥からわらわらと出てくる出てくる。さてはこれ、俺たちが来たときからすでに準備していたな？

「……どうしますか、陛下」

ギルバートが小声で尋ねてくる。って言ったって抵抗するならしようがない。

「もちろん、確保」

「ですよね……ウイリアム・ヒルソン、並びにその妻マノン、長男シャルル、あなた方を拘束する。総員、抜剣！」

騎士団とヒルソン商会の傭兵たちとの戦いが始まった。ただ今回、俺は完全にお飾り。後方でのんびり推移を見守ることになる。


「案外、がんばるな」

「さすがにある程度の訓練はされているようです。それにこちらは一応、どこかの商人とは違って不殺を心掛けておりますから？　難易度が上がっているのかもしれないですね？」

「おいおいキミぃ、それは失礼じゃないかい？　それじゃまるでどっかの商人はキミたちより劣るって言ってるようなもんじゃないか」

「ものの例えですよ、例え」

コイツ絶対左遷《せん》してやる。いや、ダメだ。そんなことしたらコイツはガチで喜んでしまう。などとギルバートとの漫才にうつつを抜かしていたら、ビルが気になる言葉を発した。

「あれ……？　父上たち、いなくなってない？」

なんだと、と店の奥に目を凝らしてみると、確かに先ほどまでいた三人の姿が消えている。表の戦いも徐々に騎士団が押している。さてはあいつら、完全に分が悪くなる前にトンズラする気か?

「ミミ!」

「なにダンくん、ウチのぬくもりが恋しくなった?」

　間髪おかずミミが背後から覆いかぶさってきた。顔をこちらに向けてニコニコとおどける。

「アホか。容疑者の三人が消えた。逃げたか、もしくは地下なんかの隠し部屋に籠ってるのかもしれん。探してきてくれないか?」

「いいよ～。どうせ暇だし。んじゃ行ってくんね」

「ライザ。連絡係としてミミに同行してくれ」

「了解。ついでにボディーガードね」

「頼むよライザっち!」

　ミミはひらひらと手を振ると、あっという間に屋根に飛び乗り消えた。ライザは認識阻害《ハイド》を強めに発動しているのだろう。すうっと姿が見えなくなった。

「ギル。俺は裏に回って連中が逃げ出さないか確認してくるから、表の傭兵は頼んだぞ」

「陛下。もし鉢合わせても」

「殺しはしないよ。なるべくな」

「俺らはミミたちの連絡を待って出る。準備してくれ。クロエ、ライザとの」

「もうやっとるわ。……早速見つけたらしいぞ。店の奥にある倉庫を走っとるらしい」

「そのまま裏手から逃げるつもりかも！　追いかけよう、こっち！」

ビルが先行して、狭い路地を縫うように走る。勝手知ったる地元の庭といったところか。無造作に積まれた荷物やら家畜を入れた籠などが乱立する道を、まるで踊るように駆けていく。こっちは着いていくのが精一杯だ。しばらく薄暗く狭い路地が続いたが、唐突にその時間は終わる。路地から明るい通りに飛び出すと、そこは広い運河に面した大通りだった。

「あそこ！」

息を弾ませるビルが指さす先には、まさに帆船に乗り込まんとしている三人の姿があった。船のロープはすでに解かれ、岸を離れつつある。

「クロエ！　俺を投げろ！」

「くくっ、相変わらず面白い男よのう、主は！　ほれ、行ってこい！」

クロエに首根っこを掴まれたかと思えばぽーんと放り投げられる。瞬きほどの間をあけた後、船首にきれいに着地した。ズドンと意外と大きな音を立てて、甲板を一部破損するくらいの勢いだったから、もしかしたら強化《ストレングス》掛けてなかったらヤバかったかもしれない。

三角帆のロープをいくつか切ってしまったらしく、バタバタと風に煽られ帆が暴れる。

立ち上がって船尾側に目を向けると、数多くの船員とその向こうに驚愕の表情のマノンの姿が帆の隙間から見えた。

「船長！　部外者が乗り込んできやがった！」

「こんなところまで……。簒奪王、ほんっとしつこいわね！」

「そんなに慌てて逃げるのには、よほど理由があるんだろうな⁉」

「これだけの相手、倒し切ったら教えて差し上げますわ！」

傭兵だか水兵だかが結構な数いるからだろう。マノンは余裕の表情を見せる。俺は剣を抜き放ち、彼女に向かって突きつける。

「その言葉、忘れんなよ⁉」

まあどっちみち、無理やりにでも吐かせるがな。とりあえずわらわら寄ってきた連中は風魔法で吹っ飛ばす。踏ん張れなかった連中が悲鳴をあげて川にぽちゃぽちゃと落ちていった。海の男が情けない。と思ったが、よく見れば連中傭兵だ。鎧つけたまま泳ぐのか……。

ま、がんばれ。ただ——

「どっちかというと、落ちて行ったほうがマシだったって思うことになるだろうがな」

巻き上げ機をフリーにして錨《いかり》を落とす。これで船は止まるだろう。作業をやっていると傭兵が再び寄ってくる。

同時にかかってきた傭兵二人の剣を、剣とナイフで受ける。勢いよくはじいてからクルリと回り、演技過剰気味に雄叫びを上げつつ斬りつける。

途端に二人からは血しぶきが上がり、その場に倒れる。

甲板はさながら、ぱあっと鮮やかな花が咲いたかのようだ。こういう演出はそれなりに効果がある。案の定、傭兵どもはざわめき、足を止めた。

こちらは構わず、すたすたと船尾側に歩いていく。

「死ねやあぁ！」

などと三下のセリフを発しながら陰から飛び出してくる奴もいるのだが、気配が感じられる以上織り込み済み。剣を鼻先に突きつけられた傭兵にはなす術もない。顔を引きつらせ後ずさる。

「殺気を消して、黙って刺しに来なきゃいかんだろ。素人が」

そのまま船のへりから海に落ちた。がんばって泳げ。鎧は重いだろうが岸は近いぞ。

ずんずん進んでいくと背後から悲鳴が聞こえた。かと思えばけたたましい音と共に船が大きく跳ねる。クロエが飛び移ったようだ。エリーや仲間を連れてきてくれたのか。

「しゅ、守護竜……本物!? ど、竜を統べる者《ドラゴンマスター》って単なるコケ脅しじゃなかったの!?」

マノンが慌てたように叫んだ。いや、クロエが俺の仲間だってことは知って……ないのか？

それはご愁傷様。

傭兵どもは突然のクロエの出現に驚き、戦意を失っているようだ。なかには恐慌をきたして海に逃げ出すものも出る始末だ。おかげで大した苦労もなくビルが一足先に走ってきた。

「お師匠、大丈夫!?」

興奮気味に頬をうっすらと染めた彼女は、その言葉とはうらはらに笑顔を見せている。

「大丈夫に決まってんだろ？　でもありがとな、心配してくれて」

ビルはにへーっと笑ったあと、すぐに真顔に戻してマノンをにらむ。メグはビルの後ろにつけている。エリーも追いついた。

「よし、一気に片付けるぞ！　準備は良いか、エリー、メグ、ビル!?」

「いつでも、兄さん！」
「まかせてお師匠、やれる！」
「いけます！」

前甲板のほうはクロエたち三人が大暴れしている。まもなく制圧されるだろう。気の毒なことだ。唐突に起きた大きな音に何事かと振り向けば、フォアマスト――帆船に三本あるうちの前のマストだ――が折れて運河に落ちるところだった。盛大に水しぶきをあげ、船が大きく揺れる。

こちらも再び攻略を始める。自分が前、ビルを殿にメグとエリーを間に挟んで進む。エリーに関しては全く心配していないんだが、双子は経験不足がすこし気になった。が、それは全くの杞憂だったようだ。

エリーが広範囲に阻害魔法を展開し動きを鈍らせる。斬りかかってきた相手を俺がさばく。背後は双子に任せる。メグが攻撃魔法、ビルが剣で相対する。

双子にとっては荷が勝つ役目かもしれないが、二人でかばい合いながら戦う分には一人前以上の働きを見せつけている。バフはもちろんかけてやってはいるが、そんなものがなくても二人は十分戦えているように見える。

傭兵の動きをよく観察できているところがいい。ビルが初撃をきっちり受けきったところをメグが氷槍《アイススピア》を背後から食らわせる。ひるんだところをビルがトドメを刺す……互いにバディとしての仕事をしっかりこなす。

じわじわと船尾の舵輪《だりん》近くまで詰めてきた。容疑者はもう、目と鼻の先だ。傭兵たちも数を減らし、すでに戦意も怪しいものだ。

「何をしてるのっ⁉　さっさと敵を討ちなさい！　ウイリアム、貴方も何か言ってよこの役立たず！」

「こんのっ……いい加減にしろっ！」

隣にいたビルが剣を構え、マノンに向かって走り出す。

「待てっ、出すぎだビル！」

「戻ってビル！」

俺とメグの制止を振り切り、あっという間にビルはマノンのもとに詰め寄った。

二人の覚悟

短く悲鳴を上げ、後ずさるマノン。彼女の前に傭兵が立ちふさがる。

「邪魔を……するなぁ！」

斬り上げる剣はしかし易々と傭兵に防がれる。二合ほど打ち合った後、彼女の剣が弾かれた。

思わずあっ、と声が上がった。身体が開いたところに傭兵の剣が襲い掛かる。マズイ間に合わない！

彼女に刃が掛かるかどうかといったところで軌跡が急に変わる。傭兵のギャッ、という声の直後ゴロリと甲板を転がる音。見れば親指大ほどの石が。

「うわっは～♪　ウチ、タイミング神ってね⁉」

いつの間にかメインマストの中段にミミの姿があった。続けて空気を切り裂く音が数発。彼女の魔法付与された弓からの攻撃だ。さすがはエルザ謹《きん》製の業物。瞬く間に周りの傭兵の肩に、首に、狙い違わず突き刺さる。

さらにビルを襲う傭兵。しかし直後氷の矢が彼を襲う。メグの氷槍《アイススピア》。

「ビル、行って‼」

普段のメグからは想像もつかないほど力強い後押しの言葉。ビルは一つ頷き再び駆け出す。

今は俺も、後押しをすべきときなのかもしれない。彼女にありったけのバフを掛け、その背中を押す。

「ひっ、来るなぁ、く、来るなぁ‼」

ビルは素早くマノンの背後を取る。彼女の腕をひねりあげると同時に首筋に剣を当てた。メグも後から追いつき、静かに氷槍《アイススピア》を準備する。

ビルが怒りに震える声で静かに警告する。

「ねえ、マノンさん。これ以上パパを傷つけるの、やめてくれないかなぁ？　このままだとうっかり……」

「斬っちゃうよ？」「撃っちゃいますよ？」

双子の最後の警告にマノンがゆっくりと両手をあげ、ようやく傭兵たちも大人しくなった。


マノンはじめ夫ウイリアムと息子シャルル、残りの傭兵どもは騎士団が拘束した。

「なによ！　なにが凄腕の傭兵よ⁉　とんだウソっぱちじゃない！　口ほどにもない。私、これからどうなるのよ⁉　どーしてくれんのよアンタ⁉」

さきほどからマノンが縛り上げられて転がっている傭兵頭に対して悪態をつき続けている。なんとも見苦しい。悪事を働くなら、捕まったときも想定しておけよ……ったく。

「ギル……口、ふさいで。うるさい」

店でがんばっていた傭兵たちも、俺たちがマノンを追い始めて間もなく制圧が終わっていたらしい。すでに店の中の書類なども押収が済んでおり、現在調べただけでも怪しい取引が多数見つかっている。

少なくとも、国内の橋梁の設計と部材の提供を一手に引き受けているのがこの店ということは明白となっている。帝国とのつながりもやがてはっきりするだろう。

ヒルソン商会は廃業を余儀なくされた。今わかっているだけでも王国に害をなす取引が次々と明るみになっている。そのすべてを後妻のマノンと、その息子シャルルが取り仕切っていたということで、彼らには絞首台が待っていることだろう。

主人のウイリアムはというとお飾りとして名前だけが残され、実権はすべて後妻に奪われていたということだ。なんとも——

「なんとも情けないことで、申し開きの言葉も見つかりません。このウイリアム、監督不行き届きの罪を謹んで受け入れる所存でございます」

先日ノーウォルドの屋敷に久しぶりに戻った。その取り調べのさなか、ウイリアム・ヒルソン——元・ヒルソン商会の代表、メグとビルの実父はこう切り出した。

「ウイリアム殿。調べはついている。ヒルソン商会が悪事に手を染め始める前に、貴殿はすでに代表権を失っていたということをな」

「いえ陛下。確かに左様ではございますが、あくまで商会の表向きの代表は私。そのような詭《き》弁で罪を逃れようなど」

かぶりを振りながらウイリアムは自らの罪を申し出る。

「そうか、詭弁と申すか……よかろう。私自らそなたに刑を申し渡す。心して聞くがよい」

「……御意」

深々と頭を下げ俺の、いや王の裁可を待つ。あまり気分のいいものではない。

「ウイリアム・ヒルソン。此度の騒動。そなたに直接の責任はないとはいえ、妻と息子の暴走を止められなかったことにより発生した種々の被害は、事情を鑑みても許しがたい。……よって懲役刑、十年を申し渡す。また今後一切、店を持つことを禁ずる」

「は……慈悲深い差配、感謝いたします」

深く下げた頭をさらに下げ、ウイリアムは恐縮する。

「次に懲役の内容だが……、財務卿の下でトレーダーとして商取引を行え。全能力を以って王国の財政を支えよ」

俺の言葉にはじかれるように顔をあげ、驚いた表情を見せる。

「は!? いや、しかしそれでは」

「閣下！ それでは他の者に示しがつきません！」

「控えよ、ギルバート。この者は直接加担しておらん。それに本来この者が持つ才覚。斬って捨てるにはあまりにも惜しい。純粋な損得勘定だ」

脇に控えるギルバートからも抗議の声が上がったが、こればっかりは俺のわがままを通させてもらう。

「しかし」

「くどい。これは王命だ」

再びウイリアムに視線を戻すが、妙な顔つきをしている。気に入らなかったか？

「なんだ、財務卿に監視されるのは不服か？」

「め、滅相もございません。誠心誠意、務めさせていただきます」

「損させたら承知しないからな？　覚悟をもってあたれ、よいな。……以上だ。さあ、さっさと下がれ」

「陛下……ありがとうございます。このご恩は一生」

「知らん。さっさと財務卿のところに行け。行って散々こき使われて来い」

「ご厚《こう》情、感謝申し上げます。最後に……マーガレットとベアトリス。二人のこと、よろしくお願いいたします」

「……心配するな。悪いようにはせん」

連れられて謁見の間を去るまで、ウイリアムは何度も頭を下げた。優秀な男だと聞いている。双子の肉親だ、身内びいきと後ろ指差されるかもしれないが、できる限りチャンスは与えたい。

◆◆◆

あー！　疲れたー！

今回の遠征は疲れたぞ。わかっちゃいたけれど政治、本当にめんどくせえ。なんなら蛮族相手にしてるほうが楽かもしれないまである。これ、もしデスクワークだけだったなら自分で自身を追放してたかもしれん。

夕食後、そうやって執務室のソファに寝転がっていると、自分の部屋で寝なさいとお母……エリーからたしなめられたので寝室に引っ込むことにする。

「……どうしたお前ら。なんでここにいる」

部屋にはメグとビルがいた。ちょこんとベッドに腰掛けていたが、俺が部屋に入るなり立ち上がった。落ち着かない様子で二、三歩こちらに近づく。

「あ、あのボクたち。……お礼を、言いたくて」

礼なら執務室でもよかっただろう、と言いかけてやめた。ナイトウェアの女が、男を寝室で待つ意味がわからないほど野暮ではない。心の中でため息をつきつつ、どうやったら彼女たちが恥をかかずに部屋に戻れるかを考えた。

「礼……何のだ?」

わかって聞くのも馬鹿らしいかもしれないが、とりあえず尋ねると、二人は深々とお辞儀をした。

「父を。……ウイリアム・ヒルソンに対する寛大な処置に、まずお礼を。ありがとうございます」

「そのことか。そのほうが国益に適《かな》うと思った。それだけだ。気にするな。用件はそれだけか？　なら早いうちに自室に戻れ。若い娘がそんな恰好で出歩くのは、感心しないな」

「それだけじゃ……ない」

「ビル？」

「お師匠はどんなときも俺たちを助けてくれた。初めて出会って冤《えん》罪を晴らしてくれたこと、何も聞かずに住まわせてくれたこと、攫《さら》われたとき救ってくれたこと、いろんな生きるための術《すべ》を教えてくれたこと、……家の悪事を、終わらせてくれた、こと。俺たち、もうどうやってこの恩を返していいのかわからない。返し切れるのかもわからない。だから……！」

　顔を真っ赤にしたビルが、今度は囁くように続ける。

「……だからせめて。俺たちのこと、好きにしてほしい。それだけで恩をすべて返せるとは思っていないけれど」

「いやいや何言ってんだお前ら。ダメに決まってるだろう？　もっと自分を大切にしろ」

「私たち真剣です！　私たちにはもう、……これくらいしか差し上げるものがないですから。陛下にとって満足いくものではないかもしれませんが、どうか」

「そういう問題じゃないって。お前たちにはもっと年相応の男が」

「年相応って？　エリーさんは良くって、ボクたちがダメな理由ってなんですか？」

「だ、ダメな理由とかそんな。それになんでエリー」

「そうだよ。たった数年しか違わないのに。不公平じゃん。生まれた時期がすこしずれただけ。それだけの理由でお師匠のこと、諦めないといけないの？　そんなのやだっ」

「あ、おいビルくっつくなって」

　ビルが俺にしがみついてくる。相当な覚悟を持ってきたんだろう。微かに震えている。

「ボクも。そんな理不尽なことで拒絶されるなんて、我慢できません。……好きなんです、陛下……ウォーレナさんのことが」

今度はメグもだ。胴にすっかり腕を回され身動きが取れなくなってしまった。

「メグまで……二人とも離れなさい」

俺の言葉にキッと顔をあげたビルはすっかり真っ赤で、目には涙をも浮かべている。

「やだ、離れない。だって俺も好きなんだもん！　大好きなんだもん‼」

そして胸に顔をうずめ、さらに寄りかかってくる。

二人に体重を掛けられ、ついにベッドに三人倒れ込む。二人は半身を起こし、じいっと俺を熱い眼差しで見つめてくる。

「ボクたちもう……子供じゃないですよ？」

「お師匠、俺たちのこと……嫌い？」

じりじりと近づいてくる二人に、こちらも余裕がなくなってくる。

「き、嫌いなわけはないが、その。モノには順序ってものが」

するとメグはぱあっと笑顔になって元気よく言葉を紡ぐ。

「ということは少なくともボクたちのこと、女の子って思ってくれているってことですよね？　なら踏みましょう？　順序」

「そ、そう、順序な。だから今日のところは部屋に戻るんだ」

「むー。わかりました。仕方ないですが、レースに参加できたってことで。今日の所は部屋に戻ります」

対するビルはいたずらを企む女の子の表情で、俺の胸を指でウリウリとつつく。

「でもぉ。あまり待たされたら俺たちぃ、暴発しちゃうからさ、早くしてね？　戦いはすごいくせに、こういうことはからっきしなんだからお師匠は」

「ホントです。だからクロエ様からも『ざぁこ♡』って言われちゃうんですよ？」

「ふふん、だって雑魚師匠だから、しょうがないんだもんねー？」

「ぐぬぬ、善処します……」

なんで俺、言い負かされてんの？

「ふふっ。じゃあ、今夜の所はこれで」

そういって二人は俺の頬に口づける。

頬へのキスのあと、顔を真っ赤にして恥ずかしそうに抱き着いてきた。どれくらいそうしていただろうか。

「絶対受け取ってもらいますから。ボクたちのこと。もう、逃がしませんからね？」

「覚悟しといてよ？　お師匠」

二人はそれだけささやくともう一度頬にキスをし、俺の首筋に顔をうずめた。

幕間　リゾートに潜む魔物

ノーウォルドへの帰路は、行きの慌ただしさとは打って変わって、ずいぶんのんびりしたものだった。日頃の過密スケジュールも手伝ってか、気分はすっかり旅行モードだ。

そんなわけで行きは駆け抜けた土地にも当然目がいくわけで。

「ふむ。見知ってはいたがやはり良いところじゃの。主よ、今日はここに泊まるとしようぞ」

クロエが機嫌よく宣言したのは湖畔のリゾート地。ほかの面々も三者三様に期待してしまっているようだ。そわそわと、俺の言葉を待っている。……まぁ、いいか！

「わかった、わかった。今夜はここに泊まることにしよう」

彼女たちの歓声を尻目に、「温泉はあるかな？」とばかり旅雑誌をこっそり取り出した。


幸いにも、広い温泉がある宿が空いていた。

早速風呂を堪能させてもらったが、さすがに今回は前のようにいきなり斬りかかられるような邪魔は入らなかった。あんな運の悪さ、そうそう起きないわな？　で、食事を皆でとった後、いざ二回目の入浴とばかりに意気揚々と向かう。

脱衣所から浴場に機嫌よく飛び出したところで、自分の迂《う》闊《かつ》さを恨むような事態が起きる。油断していた……。

「あら、ご主人様もいらしたんですね」

エルザだ、しまったー！　しかしなんて無防備な。布で隠すような素振りも見せず、まさに威風堂々。ついつい彼女の豊かな双丘に目が行ってしまう。たのむ。前、前隠して……っ！

「あ、ああすまん。間違えたかな。すぐ出るよ」

不自然に視線を外してでも見ないようにしているのを知ってか知らずか。エルザは気に留めるような様子もなく会話を続ける。

「いえいえ。私たちの貸し切りなので、何も問題ありませんよ？　せっかくなので、お背中でもお流しします。さ、こちらに」

あまりにも淡々と言うもんだから、医者にでも掛かってる気分になる。断る理由もないので促されるまま洗い場に。

今は流れで背中を洗われている。

エルザの手のひらが、ゆるゆると滑るように背中をなでる。

「ご主人様……いかがですか？」

「あ、ああ。いい、感じだよ。ありがとう」

彼女の細い指がわき腹をかすめるたび、ぞわぞわとした感覚が湧いてくる。背中全体が終わり、「右腕を」と肘辺りを触れられる。二の腕をさわさわと洗われるうち、背中に何やら触れる感触が。あー、これはいけません。

「え、エルザ」

「はい？」

「その、背中に……当たってるんだが」

「……気持ちいいですか？」

「えっ!?　や、その。まぁ、すべすべしてますね」

「ふふっ。かわいい」

「か、からかうなよ」

「……まずは背中で、じっくりご堪《たん》能くださいませ」

　意識しないように考えるほど感覚は鋭敏になっていく。すべすべな肌が滑る感覚。先っぽだけがつんつんと触れる感覚。ぎゅーっと押し当てられる感覚。すべてが魅惑的で、どんどん追い詰められていく感覚を覚える。

　エルザは攻め手を緩めない。右手を重ね、指を絡める。左手はというと腕を回して、胸をゆるゆるとなでられる。

「ちょ、え、エルザ」

　思わず首を巡らしたとき、エルザに唇を塞がれる。間近で彼女と目が合って、思わず目を閉じた。代わりにほかの知覚が鋭敏になる。指同士が絡み合う感覚。脇や胸、腹をなでられる手のひらの動き。絡み合う水音。……舌を追いかけられる感覚。

　やばいやばいやばい。空気を求め離れたときにはエルザは俺の前に回ってきていた。すっかり上気した表情を見せる彼女の華奢《きゃしゃ》な指が、俺の腰回りをかろうじて覆っている布、まさに絶対防衛線に掛けられている。

「ふふ。ご主人様のこちらのご機嫌も、とっても良さそう……素敵」

「だ、や、やめ」

今まさに絶対防衛線を押し上げている俺のやんちゃ坊主が、見られちゃう！

「うっわー！　この宿もお風呂広いねぇ！」

入り口あたりで響いた声にエルザの侵略が止まった。ライザだ。エルザは素早く身を離すと自らの身体に布を巻き、髪をかき上げると一言。

「残念です」

などとウインクを一つ。何気ない表情で俺の腕を洗いだした。た、助かった……。

「あーっ、おねえちゃんずるい！」

ライザが俺たちを見とがめるなり、こちらを指さして叫んだ。

「ずるくありません。ご主人様は日頃の激務でお疲れでしょうから、お背中をお流しして労《いたわ》って差し上げているだけですよ」

途端にむすっとした表情を見せるライザ。嫌な予感がする。

「じゃっ、じゃあアタシもやる！」

間もなく俺は悲鳴を上げることとなった。洗われてるんだか削られてるんだか。力加減は学んだほうがいい……痛てえ。

「ごっごごごご主人様!?　きっ、きき気持ちいいかっ!?」

真っ赤になって一生懸命で。そんなんじゃ文句も言えねえよ、ライザ。

……強化《ストレングス》を掛けててよかった。

結局そのあと全員入ってきて大騒ぎになってしまった。けれど最後はみんなで並んで湯船につかって脱力。たまにはこういう時間もあっていいかな……。

翌日はすぐに出発……というわけには行かなさそうな雰囲気は夕べからしてはいた。宿近くの店で、それぞれ熱心に選んでいる様子が見えたからだ。

それはそう、水着。こいつら、リゾート地だからと泳がないのは損とばかりに今日は湖で泳ぐつもりなのだ。

「主よ。泳がんのか？」

などとクロエに声を掛けられたがガン無視。湖のほとりで俺は武具の手入れをすると宣言した。言ってる本人も泳ぐでもなく、先ほどから黙々と釣りを楽しんでいる。岩場の上に一人腰かけ、寡黙に竿を振る姿はまるで……。

「仙人のじいさん、とか思うておらんじゃろうな？」

だから心を読むのは止めてほしい。

「うひょー！　たーのしー！」

歓声とともに大きな波を立てて走り去っていくのはビルとライザ。風魔法を駆使した小型の帆船に引っ張られ、ソリで水上をものすごい勢いで走る。

何度も湖の端から端まで往復しているようだが……。あれ、楽しいのか？　揃いの赤系のビキニを身に着け、実に健康的だ。あいつらも仲がいいなぁ。

砂浜では恐ろしく精巧で巨大な砂の城が築城されつつある。メグの力作だ。すでに彼女の身長を超えているのだが、とどまる気配はない。

時折何やら魔法をかけているようなのだが、完全にスキルの無駄遣いではないのだろうか。だが彼女の真剣な表情を見ていると、とても茶化す気にはなれない。

花柄のパレオがよく似合っているのだが、城づくりに夢中になるあまり砂まみれになっているところを見るにつけ、案外まだ子供なところもあるのだろうか。

すこし離れた大きな木陰に吊るされたハンモックでは、水に入るのが嫌いなミミがのんびり風に揺られて昼寝中。

俺が剣を手入れする近くのベンチで優雅に本を読んでいるのはエルザだ。時折目が合って意味深な笑顔を向けられるたび、昨夜のことが思いだされるのがむず痒い。

「ねえ兄さん。お手入れ、時間かかるのかしら」

エリーが近づいてきてのぞき込んでくる。

「危ないぞ。……そうだな、あとすこしで終わるぞ」

「ふーん。そうなんだ……」

手を止めて彼女を見る。内側は青の水着だろうか。その上にレースをあしらった薄手のガウンを身に着けている。後ろ手を組んでチラチラとこちらを気にしているのは、遊んでほしいからなのか？

「手入れはもうすぐ終わるから、そこのベンチにでも座って待っててくれ」

「そ、そう？　……わかった」

後は油を薄く引くだけだ。すぐに終わる。それに普段からしていることだから、そんなに時間をかけるものでもない。が、ベンチからニコニコと笑顔を見せてくれる彼女を待たせるわけには行かない。さりとて手入れはおざなりにすると命に関わる。落ち着いて急いで。なかなかに難しい課題を自らに課しつつ、手入れを進める。


「よし、終わった。どこに行く？」

「おつかれさま。でもその前に。何か言うことない？」

そういってエリーが俺の前でくるりと回ってみせる。

「あ、すまない。……すこしやせたか？」

「ええ、おかげさまで。ってそうじゃなくてぇ」

エリーがガクリと肩を落とすのを見て吹き出しそうになった。

「冗談だ。色合いも含めてすごく似合ってるよ。涼し気で、それに何より、とても魅力的だ」

しばしきょとんとしていたが、途端に耳が朱に染まった。

「そっ、そう？　よかった……」

ごまかすように視線を外し、髪を耳に掛ける仕草がなんともかわいい。というか、最近エリーを見てかわいいしか言ってなくないか、俺？

　このところ語彙力が失われている自覚があって少々怖い。

「泳ぐのは……ダメだろうから、すこし歩くか」

「そっ、そうね！　歩きましょう！　それがいいわっ」

　やたらに元気なエリーに首を傾げつつも、泳げないエリーのため、代わりに池のほとりを歩くことにする。

「こうやってゆっくり休暇を取るのって、久しぶりじゃないかしら？」

「そういやそうだな。前は……それこそノーウォルドに越した直後くらいのもんか」

「そうね、あれから一年以上経ったのね、時間ってホントあっという間……って何やってるのかしら、あの子たち」

　エリーが怪訝そうな表情で湖を指さす。その先にはビルとライザの姿が。

「ん？　ビルとライザか？　さっきから小船に引っ張られて……ってなんだあれ？」

　二人は先ほどと異なり、慌てた様子で背後を見つつ船を走らせている。彼女らの背後には……なにやら水中をほぼ同じ速度で泳ぐ何かが、追いかけているように見える。

「あ、こっち来た」

　エリーが嫌そうな雰囲気でつぶやく。ああ、俺もいやーな予感しかしないぞ。

「お、おおおお師匠、たすけてぇ‼」

「ご主人様！　あの手は何⁉　後ろに！　後ろに！」

勢いそのままにソリから飛び降りた二人。それに遅れることわずか、触手のようなものが六、七本、けたたましい音と水しぶきを上げ、一斉に水中から飛び出してきた。

「ひぃ！」

ビルが涙目で悲鳴を上げる。

「きゃーっ！」

メグの砂の城も呆気なく破壊され、彼女自身も砂浜に投げ出された。

お尻をこちらに向けた状態でひっくり返っている。水着で良かったけれど、レディーがとって良い姿勢ではない気がする。

「うわー、これ、休暇どころじゃなくなったんですけど！」

エリーが忌々しそうに毒づくと、錫杖を取ってくるわ、と駆け出す。

帯剣していてよかった。早速襲い掛かってくるでかい腕のようなものを剣ではじく。どうも湖の中に住むでかい魔物のようだ。

「ほほう、めずらしい！　……よっと！　クラーケではないのか⁉」

大木のような魔物の手が振り下ろされる。クロエは目を輝かせてひらりと避ける。

「クロエ！　この化け物知ってるのかっ⁉」

周りの木をなぎ倒しながら手が飛んでくるのをしゃがんで躱す。遅れて木っ端微塵な木切れが、バラバラと飛んでくるのを剣ではじき返す。

「我も実物を見るのは初めてじゃ。おまけにクラーケは本来海に生息する魔物。これは何らかの理由でここに棲み着いておる亜種といったところっ……かのぉ！」

　はじき飛ばされてきた小船をクロエが蹴り返す。うん、すっごくイキイキした表情。……たぶんこれ、楽しいんだろな。

「どれ、小手調べといくかの……雷網《サンダーウエッブ》！」

　魔物《クラーケ》の頭？　の上空に蜘蛛の巣のような輝きが現れたかと思うと、そのままゆっくり落ちて行って、まるで投網のようにクラーケの頭をすっぽり覆う。その瞬間まばゆいばかりの光がはじけ、魔物の周囲には微かに煙が昇った。

「おろ。やはりというか。雷はあまり効果がないの」

　すこしばかり嫌がる素振りを見せたものの、確かにさして効果があったようには見えない。こちらも先ほどから斬りつけてはいるものの……。

「歯ごたえがないというか、刃が入らない、といったほうがいいか」

　体表の粘液のようなものが邪魔をして、刃がクラーケの体表に立たない。

「そうなったらもう、殴るしかないんじゃないですかね⁉」

　ライザが拳を握り、魔物の頭？　の上空にひらり舞い上がったかと思えば気合一閃、落下攻撃！

「おりゃあああっ‼」

　鈍い音が湖畔に響き渡った。ライザの拳は確かにクラーケの頭を捉えた。はずなのだが、全く効いている様子がない。それどころか。

「いやぁあん！　ヌルヌルしてて気持ち悪いよぉ！　ご主人様ぁ、取ってぇ‼」

うへぇ。ライザの殴った右手が粘液のようなものですっぽり覆われている。ところで苦手なものに接したとき、彼女は途端に幼くなるというか。

「えっ。やだよ、湖の水で洗って来い。てかこっち来んなよ？」

「うぇえ。こっち来んなってひどいぃ。ご主人様の意地悪……」

クラーケの攻撃は避けなきゃだし、ライザの相手もしなきゃだしで忙しいんだが？

「この調子じゃ、炎も効かんだろうしなぁ……っと！」

クロエは器用に避けつつ近くでクラーケを観察する。

「それなら凍らせてみるのはどうだ⁉」

「氷系統魔法か、試す価値はあるの。……エルザ！　メグ！　時間を稼ぐ、凍らせてやれ！」

エルザとメグが頷き準備に入ると同時にクラーケのヘイトが彼女たちに向く。やはり魔法の気配は読み取るようだ。

「エリー！　俺に魔盾《シールド》くれ！　おら、こっち向けイカ野郎！　……挑発《トーント》‼」

ビクリと大きく体を震わせたクラーケは、途端に俺に向かって牙を剥く。先ほどまでは割と緩慢に見えていた奴の動きが、明らかに鋭くなった。巨大な手がまるで丸太の槍のように次々と襲い掛かる。こちらも集中して自身の時間を縮め、砂浜に次々と突き刺さる奴の攻撃を躱し切る。

一部はクロエにも向いているようで何本かは向かっているようだが、あちらは「若い、若いのう！」などと笑いながら拳で殴り返している。粘液、関係ないんだ……。

「行けます！　離れて！」

エルザの鋭い声に合わせ、俺とクロエは大きく地面を蹴り距離を取る。

「「氷嵐《アイスストーム》！」」

エルザとメグ。二人で息を合わせた氷系統、範囲攻撃魔法が発動する。湖面が一瞬にして凍っていく。それに合わせ魔法はクラーケの腕をも容赦なく襲う。最初は腕を振り回し抗っていた奴の腕も徐々に凍っていく。そして魔法は最大威力に到達。クラーケの周囲はホワイトアウトし、奴の姿は嵐の中に掻き消えた。

「さぶっ」

思わず口にしたくなるほどの寒気。水着だけの連中は……。

「わーんっ！　寒い寒い寒い〜っ‼」

ビルが剣すら放り出して身体を縮こまらせては、ぴょんぴょん跳ねながら大騒ぎしている。が、唐突に魔法効果は消え失せる。あれほど荒れ狂っていた氷風はいずこかに霧散し、先ほどまでの静かな湖水の風景が戻ってくる。ただ一つ、大きく異なるもの、それが。

「……かんっぺきに凍ってるわね……」

エリーが感嘆の声を漏らした。雄々しく振りかぶられた幾つもの腕。声にならない断末魔の叫びを体現したかのような見開かれた目。

静かな湖に似つかわしくない姿で、クラーケとその周りの湖は見事、凍り付いていた。

「主よ。これならイケそうではないか？」

「そうだな。……竜術〈ドラゴニック・アーツ〉初伝、閃風！」

振りかぶるたび、剣とその周囲から風の刃が無数に生まれ、間を置かずに氷のモニュメントに向かって襲いかかかっていく。先ほどまで柔らかく粘液で守られていたためか、全く刃が通らなかった奴の身体も、このように凍って固さがあるものは容易に斬れる。そう時間もかからずに、クラーケだったものは砂浜に輪切りになって積みあがった。

「おはよ～みんなぁ～。……なにやってんの？　てか、ナニコレ？」

深き眠りから目覚めたミミを、みんなが疲れた笑顔で迎えた。

「おはよ。クラーケ。湖にいた魔物よ」

「ふーん。ね、これ、食べられるのかなぁ？」

おお、その発想は想定してなかったわ。さすがミミ。

こうして久しぶりの俺たちのバカンスは、ビルとライザの暴走行為に怒った伝説級の湖の主によってフイにされたのだった。

ちなみにクラーケは大味だった。

困惑の両者

――おかしい。聞いていた話と、実際に目にする光景。日を追うごとに、私の中の認識との乖《かい》離は広がっていく。

王国の民を救うという目的のため潜入を続けているが、どうもおかしい。民衆に特段不平不満があるように見えないからだ。飲み屋であれこれ聞き出そうとしてみても、貧乏だ、ひと山当てたいなどという愚痴は聞けども、あの愚王を悪く言う者がいないことも気に入らない。

今まで帝国で聞かされていた王国の雰囲気と全く異なる現状に、戸惑いを隠せないでいる。

国王は年端《は》のいかない若い娘を王都に集め、夜な夜ないかがわしい行為にふけっている、などという噂もあるがと尋ねてみても、先代は色狂いだったという話は聞くが、今代でそういう話は聞かないと皆口を揃えて言う。

ただ、美人の女性は周りにいるようだから、いずれそのうちの誰かを妃《きさき》にするのではという『健全な』噂については異口同音《いくどうおん》に、実にまことしやかに語るのだ。

旅を思い返すたびに、どんどん王国が悪い国には見えなくなってきていた。

王国とは腐敗が隅々まで行き渡っており、王族貴族は贅沢三昧《ぜいたくざんまい》、国民には重税を課し、辛い生活を強《し》いていると。長年の搾取によって国民には不平不満が溜まっており、他国に救済を求めている。そんな国ではなかったのか。

出発前には自国でこの国のことを学び、理解したうえでやってきたつもりだ。しかし今ではその認識は根底から崩れつつある。

　何かが、おかしい。

「スペシェ殿。此度のヒルソン商会への救援、なぜ失敗に終わったのか。納得のいく説明を求めますわ」

　私の問いかけに近衛長――スペシェが居住まいを正し、返答をする。

「は、皇女殿下。端的に申しますと、戦力差かと。連中、今回は守護竜を出してきました」

「現国王は守護竜との関係を大変良好に保っていると聞いています。つまり、いつ出してきてもおかしくなかったのでは？　当然予測されたことでしょうが、対応は適切だったのですか？　特に前回のカジノの街……リヒハイムでしたわね。あちらでも同様に守護竜の介入があったという報告もありますが」

「恐れながら、リヒハイムにおける竜種の介入は確証が取れておりませんので、評価は差し控えます。また、残念ながら竜を相手に人が取れる有効なオプションはありません。隠ぺい、脱出戦術が最も合理的です。今回は敵のパーティーに優秀な斥候《スカウト》がいたようで、脱出行動が早期に露見してしまった模様です。なお」

「斥候、ですか？」

「はい？　ええ、……狐人族の有能な者がいたようです」

「そうですか……狐人族……」

ふと夜の街で私とベリータを救ってくれた狐人族の女性が思い浮かんだ。しかし直後に頭の中でその考えを振り払う。彼女にそのような凶悪なことを実行できるとはとても思えなかったからだ。

報告にあるような狡猾《こうかつ》な行動はとれそうにない。なぜかそう感じる。

「王国では狐人族をそのように運用することが少なくありません。今回も『亜人』の有効活用といったところでしょう。実に不愉快です」

「スペシェ殿、控えなさい。それが王国の文化というものですわ」

「……これは失礼いたしました」

「続けなさい」

「はい。今回の失敗により、我が国と王国首都間の物流道建設に多大なる遅延が発生することとなりました。商人の選定からやり直しですので、年単位の調整が必要となることが想定されます。これでプランAの成功確率は限りなくゼロに近くなりました。プランAは放棄《き》せざるを得ないでしょう。早期にプランBへの移行をされることを強く進言いたします」

プランA。王国全土の住民解放作戦。残念ですが、もうこれは放棄せざるを得ないでしょう。

プランB。辺境伯領をはじめとした、王国東部地域の解放作戦。こちらだけでも成功させ、一人でも多くの王国の民を救わねば。

「わかりましたわ。プランBに移りましょう。そうとなれば、いつまでもここにいては我々も危険ですわね。すぐ動きましょう。スペシェ殿、本日午後にはベルクヴェルクに向け出立を。ベリータ、荷の準備を」

◆◆◆

ノーウォルドに戻って、はや三日だ。やはり我が家は落ち着く。気候が良いので、テラスでのんびりする。

天気も良く、『絶界の山脈』もよく見通せる。一年を通して溶《と》けることのない万年雪が陽の光を受けキラキラと輝く。

エリーが淹《い》れてくれたお茶を片手に久しぶりの余暇を満喫していると、突然クロエが立ち上がった。

「どうしたんだ？　クロエ」

「……奴が来る」

ものすごーく嫌そうな表情を見せるクロエ。ああ、本当に嫌なんだなぁって顔をしている。そこまで言わせるとは、いったいどんな奴だ？

「奴ってだれだよ？」

「あー……あれじゃない？」

エリーが嫌なものでも見たような表情で空を指さす。

「あれ？」

「来おった……とうとうここに……」

忌々《いまいま》し気にクロエが見上げる先にはいつぞやの記憶を呼び覚ますような姿が。豆粒ほどだったそれはあっという間にぐんぐん大きくなり、空の半分は覆いつくすのではと見まがうほどになった。

血のような、燃えるような赤。緋色の竜。帝国の守護竜が唐突にノーウォルドに現れた。目の前でみるみる人の姿に変わった彼女は、にっこりと手を振る。

「やっほー！　来たよ、クロエちゃん！」

全身赤と黒でまとめられた外見。両の側頭部でまとめられた長い髪（あとでエリーに聞いたら、ついんてーる、というそうだ）。朝焼けを連想させる躍動感あふれる勝気な瞳にクロエと異なるスレンダーな身体。……身長は若干クロエが低いか。

ドレス姿というのは変わらないのだが、露出があれこれヤバいクロエのそれとは異なり、見た目相応な可愛らしいデザインのものをまとっている。

そんな東天の古竜、名を……

「おーっ、人間ども、ひれ伏すがよい。レティシアだ！　よろしくな！」

アッハイと挨拶を返す。普段からクロエを見ているから、もうみんなも慣れたものだ。

「なんじゃレティシア、べたべたくっつくでない。うっとうしいではないか」

「またまたぁ、クロエちゃん。嬉しいくせにぃ」

「だれがクロエちゃん、じゃっ。いい加減やめんかその呼び方」

レティシアの腕を振り払いつつ、ガチ目に迷惑そうな表情を見せる。クロエが押されてるのって、めずらしいなぁ。

「だってだって。クロエちゃん可愛いから仕方ないじゃん！」

「我が可愛いのは認めるが、貴様は何しに来たんじゃ？　わざわざこんな辺境まで！」

認めるんだ、可愛いのは。

「えー、まぁ里に戻るついでにちょっと寄り道したんだよ。クロエちゃんに会いたかったから！　んで？　お気に入りの人間ってどれ？」

レティシアがぐるーりと周りを見渡しながら尋ねるものの、クロエの態度は終始冷たいものだ。

「……そんなもん、百年ほどおらんわ」

「ふふん、嘘ばっか。……ん～？　んっ！」

レティシアは機嫌良さそうに全員を嘗《な》め回すように見ていたが、俺を見るなり眉間《みけん》にしわを寄せ、直後ぱあっと明るい表情を見せる。

「アンタだねっ。よろしく人間」

差し出された手を思わず握り返す。我に返ってすぐに離すとレティシアは首をかしげた。

「俺はウォーレナ。よろしく……と言いたいが、ずいぶんな挨拶だな？　帝国式か？」

「へ？　なにそれ。君どんだけ帝国の連中嫌いなのよ」

失笑、という表現がふさわしいか。吹き出すように笑う。

「なに。クロエとは人間に対する接し方がずいぶん違うからな。アンタのメンタリティーが帝国のお偉方に伝染したということなら、なるほど納得だなあと」

「あっはっはっ！　面白いこと言うじゃん人間。いやすまん、ウォーレナ。さすがクロエちゃんが惚れた」

「それ以上囀《さえず》ると、わかっておろうな？」

「やだ怖い、怖いよクロエちゃん！　可愛い顔が台無しじゃん！　でもさあ、アタシもちょっと気になっちゃったんだよねー。ね、クロエちゃん、お願いがあるんだけどなぁ」

「……なんじゃレティシア。先に言っておこう。ダメじゃ」

　クロエのつれない言葉にレティシアが口をとがらせる。

「ええー、ケチ……っていってもクロエちゃんのお気に入りだから当然か。しゃーない、じゃあさ、たまに貸してよ。それならいいでしょ？」

「ウォーレナは物ではない。貸し借りなぞ、できようものか」

　クロエはうんざりした様子で手をプラプラと振り、呆れたように断りを入れる。

「えー、さすがにそれはケチすぎるよお！　……わかったよ、じゃあここでするしかないか。ねえウォーレナ」

　そういった直後、レティシアはドレスの後ろをペロンとめくり、下着を露《あらわ》にする。

「ちょっ！　何やってんだよアンタ！」

　俺の言葉も意に介さない様子で、レティシアがこちらに尻を向けつつ問いかける。

「ねえ、アタシとセックスしよ？」

懐柔バトル（竜族基準）

レティシアの言葉に場は一瞬にして凍り付いた。俺は心の安全装置が働いたようで、何を言ったのか聞こえなかった。……聞こえなかった!!

「はあああ!?　何言っとるんじゃ貴様!!」

我に返ったクロエが、真っ先にレティシアに詰め寄る。

「え、だって良さそうな種持ってそうだから？　アタシがウォーレナの子、産んであげるよって言ってるだけじゃん」

ドレスを戻して手で整えると髪をゆるりとかきあげる。クロエは絶句した。

「種……っ！　じゃからというて、セ、セッ……！　などといきなり言うことかっ！」

彼女の肌の関係でわかりにくいが、微かに頬を染めたクロエは身振りも激しく抗議する。

「ふーん、種については否定しないんだ。ズルいなクロエちゃんは」

腰に手を当て半眼でにらみつけるレティシアは、ずいぶんクロエとは親しいようだ。

「ず、ズルいとはなんじゃ。そもそも主は我の主、キサマになぞ触れさせもせぬ」

対するクロエはというと、いつもの歯切れの良さが失せている。調子悪いな？

「うっわ独占欲半端ないね。どうしちゃったのホント」

ずいぶん煽《あお》るな!?　クロエと同格の古竜だからだろうか、遠慮というものがない。

「……王国の大地、寸土にわたり我が庇護下にある。よそ者は早々に去れ」

「ふうん。ホント、変わったねクロエちゃん。さて、んじゃあどうしようかな……力ずく、って手もあるんだけど」

ギラリとレティシアの瞳が輝きを増した。

「ほう、面白い。我も身体がなまって仕方なかったところじゃ」

クロエも応じて彼女をにらみ返す。レティシアは飛び上がると大きく羽根を広げた。人の姿で闘《や》りあうつもりか。

「泣き言、言わないでね？　せーんぱい」

「首領様の陰にすぐ引っ込んで泣いていたガキが、よくもまぁ囀《さえず》ることよ」

クロエは挑発の言葉に応じ、同様に空に飛び出した。

心なしか空模様も怪しくなってきた。

「おいおい、これ大丈夫なのかエルザ……？」

「え？　大丈夫ですよ、お館様なら」

ケロリと答えるエルザだが問題はそこではない。地表は大丈夫なのかという意味なんだが。そうこうしているうちに始まってしまった。

「んじゃ見ててよウォーレナ！　アタシが勝ったら、アンタを一生飼ってあげる！」

炎系統の魔法っぽいのだが、火槍《ファイアランス》？　いや俺たちが使役できるレベルをはるかに超えた何か。

それがあっという間にレティシアの右手に現れた。

「炎槍《フレイムジャベリン》！」

瞬間、まっすぐクロエに襲い掛かる。いやまずいだろ、その威力は！

声をあげる間もなくクロエに届く、まずい食らう！　そう思ったが彼女は動じる様子もなくうっとうしそうに手を払う。刹那、炎の暴力と化した巨大な槍は唐突にその進路を変え、まっすぐ空へと昇っていく。

それはいくつもの雲に大きな穴を空け、点となり、消え去った。遅れて衝撃波と熱気が俺たちを襲う。

「相変わらず戦いの作法を知らんヤツじゃのう」

クロエがいつの間にかレティシアに詰め寄り、右拳をたたき込む。レティシアが受け、ずしん、と空気が震えた。

「今のはほんのご挨拶代わり。あれで終わりって思わないでほしいな」

「そうか……」

クロエが距離を取ったかと思えば腕をレティシアに向ける。

「ではこちらからいくぞ。……雷撃《サンダーボルト》」

瞬時にクロエたちの上空に雷雲が立ち込める……落雷で敵を撃つ初級魔法なのだが。

「わっ、わっ、ちょっ、数っ！」

ピシャン！　ピシャン！　ピシャン！　と雷が落ちるのだが、その頻度と数がおかしい。ぴょんぴょんと跳ねるようにレティシアが落雷を躱す。……落雷って躱せるもんなんだな……？

「そろそろ身体も温まったであろう？　それとも初級魔法では物足りなんだか」

「そりゃどーもご親切に！」

両者勢いよく離れ、そして拳を固め一気に近づく。

しばらく打ち合いが続く。速すぎておぼろげにしか見えないが、すごい勢いで互いに拳を繰り出しては互いにいなす。

離れて距離を取ったかと思えば、ものすごい勢いで近づき打ち合い。また離れ、打ち合う。距離を取ったかと思えば途端に無数の赤と白の光条が空を交錯し、飛び回る。

撃ち合うたびに衝撃が周りに届き、木や家を震わせる。あのケンカの仲裁だけはしたくないなぁ……。もはや災害じゃん。

しばらく、暴風のように飛び回り殴り合っていた二人だが、唐突に動きが止まった。互いに拳を叩き込み、互いに掴んだ格好となっている。

ギリリ。きしむ音が聞こえてくるようだ。両者の腕に力がこめられた。ゴツンと互いの額を打ち付ける。

あいつら、組み合いながら……笑ってやがる。

「すこしは使えるようになったではないか、小娘」

「クロエちゃんだって小娘じゃん！　アタシだってこれでも守護竜の一柱なんですぅー！」

両者の力比べに入るかと思いきや、クロエは違った。

「一応褒めてやる。が、どのみちこの一撃で終わる」

いつの間に練っていたのか。彼女に相当な力の集約を感じる。気配を察したのか、レティシアはクロエの手を放し、距離をとるべく離れた。が。

「遅い！　……雷撃監獄《サンダープリズン》‼」

雷撃がレティシアの周囲を取り囲むように閃《ひらめ》く。それはまさに監獄のように、レティシアを捕える。

「あら、これヤバいやーつ……」

「貴様のミスは、我を怒らせたこと、じゃ」

クロエはすぅーっと眼前に持ち上げた指を一つ、鳴らした。雷の監獄は徐々に狭まったかと思えば、一拍置いてレティシアをがんじがらめに縛りあげる。音と輝きは激しさを増し、雷撃の継続ダメージが相当入っていることが窺える。あんなの、絶対やだ。

「あだ、あだだだだ！　ちょ、まってクロエちゃんめっぢゃいだい‼」

「ちょっとは気持ちよくなったか？　レティシアよ」

「なっだ！　めっちゃなっだから！　もう、ごめ、ちょ、あばばばば‼」

「もう……髪の毛焦げちゃったじゃない……そんな怒んなくても」

レティシアが焦げた毛先を眺めつつぼやく。

「あ⁉　だれのせいじゃバカたれ」

「はあ、こんなガチギレするとは思わなかったんですけど。ホント、クロエちゃんってよっぽどウォーレナのこと」

　クロエの雰囲気が途端に剣呑となった。

「おい。それ以上言うでないぞ？　次も加減できるかわからんからの。わかったらさっさと帰れ」

「……はいはい。まぁいいや。相変わらず面倒くさいね？　その点アタシはオープンにたっぷり愛して甘やかしてあげるタイプだから、わかりやすいよー？　今度アタシの巣でイチャイチャしながらー、いっぱい子作りしようね、ウォーレナ♡」

「あ、ああ？　いや丁重にお断りするが。……そうだ、まずは友人関係からなら」

「おお、良いね友達！　友情から生まれる愛情もあるしー？　じゃあアタシたち、今から友達ね！　んで次会うときは恋人、だねっ♪」

　コイツ、本当にわかってるんだろうか。

「もう二度と来んで良い！　主も返事せんでよい、このバカちんがっ！」

「あはは。どうせ近いうちにまた会うわよー。んじゃねー！」

　レティシアはそう言い残すと竜の姿に戻り、我が家の周りをゆっくり一周してから北の山脈、通称『絶界の山脈』を目指し消えた。

「そうか。あの山の中にあるんだっけ。クロエたちの里」

「そうじゃ。ここは里からも近いからよい場所じゃと思うておったが、今回のようなことも起こり得るということじゃな。迂闊《うかつ》じゃった……本当に面目ない」

「いや、それはもういいんだが。それよりクロエ」

「なんじゃ？」

「さっきレティシアが言ってた、俺のことがなんだって？」

「……あ？　何の話じゃ？　最近耳が遠くてのう」

「とぼけやがって」

まあいいけれど。クロエが庇護対象として以上の感情を俺に？　それって母性とかじゃないのか？

「そうじゃ主よ。たまには我と一緒に寝ようぞ。よしよししてやるぞ？　ふむ、今夜はどうじゃ？　うん、そうするがよい」

……いや、まさかね？

試しに、ぼそりとつぶやいてみる。

「耳が遠くなったのはやっぱり歳をとったからか」

「なんじゃと⁉」

聞こえてんじゃん……。


——ベルクヴェルクは炭鉱の街だ。

わが帝国と峠を挟んで国境を接するこの地は、長きにわたり小競り合いが絶《た》えない。古くからホルツマン辺境伯の居城として栄える城下町があり、帝国人にその祖先を持つ者が多い地域であることも知られている。

かつて炭鉱が発見されたときに移住してきた帝国人はこの地に根を下ろし、そしてかなりの期間、王国の食い物にされてきた暗い歴史がある。

「簒奪王ウォーレナ・グレンヴィル。決して愚かではなく、実は悪知恵も働く強敵だったと……なるほど、これは締めてかかるべし。そう皇女殿下はおっしゃるわけですな？」

「ええ。事実ここ数か月、我々が年単位で築き上げてきた体制は、彼によりあっさり壊滅させられました。近衛騎士団の活動も活発で、もはや修復は不可能ですわ。……我々は彼に対する認識を改める必要があります。プランも大幅に修正せざるを得なくなりました。次善策に切り替えます。……スペシェ殿、ホルツマン卿に説明を」

「はっ。ベルクヴェルクには数年前より徐々に浸透させた、帝国の諜報部員を中心とした工作員がおよそ二百名おります。彼らは普段から一般市民にまぎれ、帝国に帰順するよう、市民に説得を続けております」

「そんなに前から」

ホルツマン卿が嘆息する。当然だ。

かつて我が帝国の民だった東部の住人を救うこと。これは先代皇帝が思い描いていた願い。その願いは先代亡きあと、我が国にとっての悲願の一つとなり、国民ひとりひとりが受け継いでいる。帝国は、それら不幸な臣民を、決して見捨てたりはしない。

「はい。彼らがデモを先導し、規模を拡大させます。多少街に損害は出ますが、それに関しては後に帝国が責任を持って補償いたします。必要経費と割り切っていただきたい。続いて十倍程度の規模になったころを見計らい、自治権を要求します」

「なるほど。しかしそう上手く規模は拡大するでしょうかな」

　ホルツマン卿はもっともな疑問を呈した。

「その点は心配しておりません。炭鉱労働者の多くは祖先に帝国人民を持つ者、あるいは帝国からの出稼ぎ労働者です。この地における土地の所有、所得の増加などを説明すれば、同調する者がほとんどかと」

「その後、自主独立を求める市民を保護する名目で、我が国が平和維持目的の軍を派兵しますわ。自治権が認められ、領土が確定したのち、しかるべきタイミングで帝国が併合することになるでしょう。……少なくとも帝国にゆかりのある民衆だけでもまずは救いませんと」

　ホルツマン卿への説明はその後も続いた。それも夕刻にはすべて納得いただけたようで、頼もしい同志と共に決意を新たにし、卿の城を辞した。


「シルヴィ様。ずいぶんとお疲れのご様子。会談はうまくいかなかったのですか？」

　宿に戻った私を見るなり、ベリータが不安そうな声を上げた。

「大丈夫よ、ベリータ。長時間の会談で、すこし疲れただけ。湯浴《あ》みをして、美味しい食事をいただけば問題ないですわ」

笑顔が疲れていたかしら。彼女の表情は晴れない。

「ホントに大丈夫、ありがとうベリータ」

私自身、こんな程度で彼女の疑惑が晴らせるとは思っていない。

「……ぜんぜん大丈夫に見えませんよ。私、そんなに信用ないのでしょうか」

「そんなことないわ、ベリータのこと一番に信頼して」

「ではなぜ、お話しになってくださらないのですか？」

「……なぜ？　なぜですって？　あなたに私の心の内を語ったところで、今の憂いが消え去るとでも⁉」

彼女の言葉に責められている気がした私は、思わず彼女に強い口調で返してしまった。気づいたときにはもう遅い。彼女の表情はすっかりこわばっていた。

「あ……ご、ごめんなさいそんなつもりじゃ」

『いえ、私の思慮が足りませんでした、申し訳ありませんシルヴィ様――』逆に彼女からそんな謝罪の言葉が来ることを予想して身構えていたけれど、返ってきた言葉は予想を大きく外していた。

「やっぱり何かあるんじゃないですか。いいじゃないですか、憂いが消えなくても。何でもお話しください」

「ベリータ……」

「愚痴になってもいいじゃないですか。泣き言だって構わない。一緒になって怒ることだってできます。貴方様が抱えてらっしゃる重責はとても重い。私にはわかりかねるようなこともきっとあるでしょう、それは十分承知しております。けれどそのほんの一部分でも、私は一緒に支えたい。そう思うのは、ご迷惑でしょうか？」

「え……でも、そんなこと……あなたに背負わせるわけには」

「シルヴィ様のお気持ちって、その程度のことだったのでしょうか。……貴女の友人のつもりでいたのですが、私」

「そんな……いいの？　私、重いよ？」

「そんなに信用できないなら、もっと私から踏み込んだほうがよろしいのでしょうか？　口調とか、敬称とか」

　言葉を切ると彼女はグイッと近づいた。

――ぐ、無駄に顔がいいと緊張する。

「……こんな距離感のほうがいい？　――シルヴィ」

あっ。いけない世界の扉が開きそう。……いやだめだめだめ、しっかりするのよシルヴィ。

「そっ、そういうことを言ってるのではなくて」

「じゃあどういうこと？」

　麗人を思わせるベリータの顔が眼前に。もうだめ。思わず手で顔を覆う。

「……イエ、ステキデス」

蚊の鳴くような声で、かろうじて返事した。

——きっと顔は真っ赤だわ。

その後ベリータといっぱい話した。それこそ皇女としての悩みを。家臣たちとの関係、今の作戦について、兄弟について、国民について、王国について。本当にたくさん。

「それだけさまざまな悩みがあるなんて知らなかった。今まで気づかなくてごめんね。でもいつでも応援してる」

ベリータは手をぎゅっと握って慰めてくれた。あたたかな手。話を聞いてくれて、頷いてくれて、笑顔を返してくれて。けれどそれだけで、不思議と気持ちが軽くなる。

「ありがとうベリータ。貴女に出会えて私、幸せだわ」

「シルヴィ。私はいつでも貴女の味方よ。これからは何でも相談して？　大丈夫、今回の件もきっと上手くいくわ。私の勘は当たるのよ」

彼女の言葉に胸が熱くなる。しっかり頷くと彼女も嬉しそうに笑った。

——決起の日は近い。もう、後戻りはできない。

幕間　焼肉バトル（焼肉ではない）

「ねえねえお師匠！」

「ぐふっ」

　穏やかな昼下がり、ソファでのんびりしている俺の腹の上に飛び乗ってくる奴は一人しかいない。

「ビル。痛い。それに短いスカートでこんなことするの、やめなさい。……見えてる」

「ええ？　もう、えっち。でもさ、うれしいの間違いじゃない？」

　いたずら好きの彼女はたまにこうやって挑発してくる。だが王国紳士には効果がない！　ないったらない！

「だれが嬉しいってんだよ、ガキが」

「もうっ、またそうやってぇ」

　そういって彼女はバタリと抱き着いてくる。俺の胸の上に寝そべった格好の彼女がぷう、と頬を膨らませる。

「そんなことより、ほかに言いたいことあるんじゃないのか」

「あっ、うん。あのさ、やろうって言っててできてないこと、あるの覚えてる？」

　ビルはのぞき込むように首をかしげ、尋ねてきた。

「ん？　できてないこと……？　なんかあったかな？」

「やっぱり忘れてる！　庭でお肉焼くって言ってたじゃん！」

再び起き上がったビルは腹の上でぴょんぴょん暴れる。ちょ、やめてくれ。その、俺の聖剣がうっかりアクティベートしてしまう。

「ああ、そう言えばそんなこと言ってたな」

俺とエリー、それにメグとビルで暮らしていたとき、庭でごはんを食べようと言ったときが確かにあった。

「そうだ思い出した！　クロエに最初の家を踏みつぶされたときだ！」

俺の言葉にビルの表情が明るくなるが、同時に隣で叫ぶ者が現れた。

「ええっ、そんなときに我は主の家を踏みつぶしたのか？　それは誠か!?」

クロエだ。

「本当だよっ！　俺たちすっごい楽しみにしてたんだからねっ！」

ビルが俺の上から下り、クロエに向き直ってプリプリ怒ってる。

「そ、それはすまんことをしたのう。せっかくのパーティーだっただろうに」

「だから、やり直しをします！　焼肉パーティー！」

ビルが宣言をして、みんな歓声を上げる。まあいいか、最近忙しかったし。

せっかくの休みだ。どうせなら思い切り楽しもう。

パーティーを始めてしばらく経ったが、先ほどから俺の目の前で双子が押し合いへし合いをしている。

「んっ、……はいお師匠、あーん」

「ずるい、次ボクの、よいしょ……番っ。ダンさん？　あーんしてください」

「なんでだよ、次は俺の番だろ⁉」

「何言ってんのよ、八回前でビルが二回連続でやったじゃない、次はボクの番」

「いや、ありがとう。もう、自分で食べるから」

てか落ち着いて食わせてくれ、たのむ。

「よかったわねー、ダ・ン・く・ん？　若い子にあーんして貰って」

やけににこやかにほほ笑むエリーが、光の速さで肉を焼き網の上に置いていく。

「エリー、勘弁してくれよ」

「あらあら、私が何を勘弁しなければならないと⁉」

肉を置くスピードが、速まった。

「はっはっはっ！　相変わらずモテモテじゃのう、主は」

豪快に笑うロリッ子は、今日も俺をからかい、冷やかす。

「クロエ、ずいぶん楽しそうだな？　ったく、他人事だと思って」

「すまぬ、全く他人事じゃが？　まあよいではないか。みな久しぶりの休暇。ハメも外したかろう」

そういってエールのジョッキを豪快に空ける。いつも思うがこの絵面、教育に悪い。自分が一番ハメ外してんじゃねえか。

「ぷっはー」と息を吐いたクロエの表情は、すでにトロンとしていた。

しかも出来上がるのが早い。

「あら、もうお肉がないみたい」

エリーが周りをきょろきょろしながら肉を探すも見つからない様子だ。そりゃあれだけ焼いてりゃあっという間になくなるわな。それに……。

「すこし物足りないかしら？」

優雅だが食う量が半端ないエルザやらもいて、用意していた分は食べ尽くしてしまったようだ。

「そうじゃ。ちょっとした余興を思いついたぞ。むふふ」

余興だと？　しゃっくりを一つついたクロエがロクでもないことを口にした。

「我ら三人で肉を獲ってくるぞ」

「肉を、取ってくる？　……すみません、おっしゃる意味がよくわかりません」

エリーが早速ギブアップした。

「四人だよぉ‼　なんでアタシをハブるのぉ⁉　どうせアンタたち、アタシのこと嫌いなんでしょ？　つかアタシも混ぜろよぉ！」

いつの間にかやって来ていて、いつの間にか酔っぱらっているレティシアが抗議する。コイツ、酔ったらウザがらみするんだ……。めんどくさ。

「ああもうウルサイ！　いつの間に来たんじゃレティシア」

さすがのクロエも彼女には辟易《へきえき》している様子だ。気持ちは察する。がんばれ。

「んで？　肉を取ってくるってまさか」

きっとワイルドな内容だろう。クロエの提案を聞いてみる。

「うむ、我らがこれから狩りをして戻ってくる。その速さ、大きさ、味で勝敗を決める。どうじゃ？　シンプルじゃろ？　って大人しくしておれ、この酔っ払いが」

でへへ、とおっさんのような笑いを浮かべつつ絡むレティシアを、クロエがガチ目に嫌がっている。

「なんです、それ。相変わらず脳筋ですね……。ただ面倒なだけじゃないですか。町にひとっ走りしてくれれば……」

ライザがいかにも面倒そうに手を腰に当てる。しかしこれ、主人に対する態度としていいのか……？

「賞品、があればよいのかの？」

「賞品……？　なんです？」

ってそこで俺を見るなクロエ！　んで「むふ」とか言うな！

「決めた。『一日、主を好きにする権利』……というのはどうじゃ」

「乗った」

「乗りましてよ」

「乗るしかない、このビッグウェーブに！」

　クロエの挑発に前のめりで素早く乗るのが、いつでもちょっぴりおバカなライザなんだが、エルザもなんですぐ乗っちゃうの？　なんでそんなに目、ギラギラしてんの？

　レティシアはまぁ……こんなもんだろ。

「あいや、俺の意見は？」

「心配するでない。勝者を決めるのは賞品本人じゃ」

「お、俺が決めるのか？」

　決めないと、いけないのか？　『勝者なし』でお願いしたいのだが？

　というか、俺を賞品にすること自体をまず拒否したいのだが？

「うまい肉を知っている。任せよ」

「でかいの獲って来るから、待っててよご主人様」

「早く新鮮なお肉、いただきたいですものね。がんばりますわ」

「ウォーレナきゅん、子供は三人ほしいなぁ」

「お前は黙っとれ！　では参るぞ。よーい……ドン！」

　クロエたち三人は、突風を一つ残し、大空へと飛んで行った。

「俺たち、何食べさせられるんだろうね……」

　真っ青な空を見上げ、ビルがポツリとつぶやいた。

◆◆◆

ただ待っているのもつまらないので、近くの川で釣りをして待った。竿を垂らしていたら次々と足に大物を掴んで戻ってくる彼女たちの姿が見えたので家に帰ることにする。

やっぱり俺だけ釣れなかった。なぜだろう、解《げ》せん。

家に着くと四人は並んで待っていた。その背後には縮尺がおかしい獲物がずらり。最初に口を開いたのはドヤ顔をしたクロエだった。

「待たせたの。まずは我からじゃ。……見るがいい！」

クロエの背後には、山がそびえていた。正面には嘴のようなもの、それに全身を覆う羽毛。それは巨大な丸々とした鳥だった。

「ロック鳥じゃ！　鶏はうまいぞ。淡泊じゃが味がある。焼いて良し、煮ても良しの優れモノ。どうじゃ？　勝ちは貰ったかのう？」

「お館様ぁ？　ロック鳥は確かに旨いですが、勝利宣言はすこーしお待ちいただいたほうが良いかと。アタシの獲物はコレ。どうです？　デカいでしょう」

彼女の背後に横たわっているそれも山のようだった。形容するならバカでかい牛。

「ギガントホーンよ！　こいつの赤身肉はさいっっこうに美味しいんだから！」

「うお、ガチでクソデカじゃん、この牛」

ミミが俺の背中から盗み見つつ嘆息を漏らす。俺の肩に、よだれは垂らすなよ？

「どう？　すごいでしょ、ってかミミ！　なにどさくさ紛れにご主人様にくっついてんのよ！」

ライザはドヤったかと思えばミミと騒ぎ出して、まぁその、なかなかにうるさい。

「次は私の番ですね。こちらはすこし趣向を変えましたわ。いかがかしら」

確かに趣向が全く違うんだが……これはいったいなんだ？

「海大蛇《シーサーペント》。大雑把に言えば、海に棲む巨大な蛇、ですわ」

なるほど、海の大蛇か。確かに魔物である大型の蛇としては標準的な大きさかもしれない。

……海まで結構距離あるが、獲ってきたのか。

「何言ってんの、君たちぃ⁉　やっぱ豚でしょ？　豚こそ至高なのよ！」

最後のプレゼンはレティシアか。これは……いや豚は豚でもさ……。

「大牙猪《グレートファングボア》よ！　こいつは旨いわよ！」

いや、こんなでっかいの大量に狩って来たはいいけどさ。処理しきれるのか……？

全員発表が終わったところで、四人が我が、いや私こそなどと揉め始めたときだ。山が動いた、気がした。

「な、なあ。これ、ちゃんととどめ刺してるんだよな？」

「あ？　当たり前に決まっておろうが。でないとどうやって運ぶんじゃ」

クロエが呆れたように返事をしたそのとき、一体がやおら立ち上がり、身震いした。

「わあ！　コイツ、生きてんじゃん！」

ミミが尻尾をピンと立て、叫んだ。

「ちょ、レティシア！　こいつ、生きてるじゃんか！」

こちらに向かって大牙猪が走ってくる。まっすぐ走ってくるだけなので避けるのは簡単なのだが、止まり切れない大牙猪はそのまま背後の木にぶつかり、そのまま折ってしまう。メキメキと音を立て、ゆっくり倒れる木。

こちらに向き直ると鼻息も荒く、前足で地面をかく。ぶるりと身震い一つ、間を置かずに走りこんでくる。

「だからなんで俺なんだよ⁉」

ひらり躱すと、今後はクソデカ牛にぶつかって止まる。かと思いきや、鼻でグイッと牛を持ち上げ「ペイっ」とばかりに投げ飛ばす。ズシンという音に合わせ、地面が大きく揺れる。

「ああ～っ！　アタシの獲物に何してくれてんのよこのバカ豚！」

ライザが文句をつけるが、興奮した大牙猪には手が出せないらしい。確かにあの振り回しに巻き込まれたら痛そうだなぁ。

「おいレティシア、お前が捕まえてきたんだから何とかしてくれっ」

「この身体じゃ無理だってぇ。ってうわわぁこっち来たあ！」

レティシアに文句をつけたが話してるうちに大牙猪はまたこちらに走ってくる。……てかさっきから俺、狙われてないか？

「責任取って、止めてこい」

容赦なくぐい、とレティシアを前に押し出す。

「え？　え？　そんな空気？　よ、よーしわかった。アタシのグーパン一発でおねんねさせてやんよ」

肩をぐるぐる回しながら大牙猪にチョイチョイと挑発を仕掛ける。大牙猪の速度が増した気がする。

「……震えよ！　慄け！　ハイパーアルティメットボルケーノ‼　この拳は一撃で熊をも倒す！　相手は死ぬぅ！　とぉりゃあ～！」

間抜けな掛け声とはうらはらな、強力な突きを大牙猪の鼻っ面にぶち当てる。重い音が周囲に響きあたった。

「やったの⁉」

エリーが叫ぶ。……あ。それ、言ったらダメなやつ。

「ブキィィィ‼」

大牙猪はひときわ甲高い声を上げ、顔を大きく振り回すと、レティシアを鼻先でひっかけ大きく振りかぶった。

「わあぁぁ――っ⁉」

彼女が軽かったのも手伝ってか、相当吹っ飛んでいった。先の森の木々に隠れ、どこまで飛んで行ったかは伺いしれない。

ま、死にはしないだろう。てかなに遊んでるんだ、こいつらは。

「おい、家壊される前に決着つけるぞ！」

「やれやれ、後でレティシアには説教じゃ、な！」

いつの間にか大牙猪の懐に潜り込んでいたクロエが腹に強烈なアッパーを叩きこむ。巨体がフワリと浮き、奴は目を見開く。

「全くです。東の古竜様は粗忽《そこつ》で良くありません。――氷柱《アイスピラー》」

瞬く間に沸き起こった氷の柱が大牙猪の背中に落下。巨体を押しつぶす。氷が砕け、キラキラと欠片が舞い散る。

「ご主人様。あとでお叱りを、お願いね！」

耳の後ろに飛び蹴りを食らわせるライザ。この巨体を誇る大牙猪も、やはりそこが弱点なんだろうか？

「ああ。たっぷり締め上げてやる」

自らに強化《ストレングス》を施し、鞘に納めたままの剣で鼻っ柱をぶっ叩いてやる。

一度ビクリと大きく震えた大牙猪は、ようやく気絶したか、糸が切れたように巨体を横たえ、そのまま動かなくなった。

◆◆◆

――やっぱりどう考えても食いきれんぞ、これは。

大量の肉を前に途方に暮れる俺に、メグが街の人にふるまってはどうかと提案してくれた。早速触れを出し、翌日街の広場で、街を挙げての焼肉祭りが開かれた。

焼き鳥串を頬張るおっさんの笑顔が無駄に良い。

「ロック鳥といやあ、一生かかっても口にできるかどうかわからねぇ代物だ！　それを守護竜様が獲って来てくださったって言うじゃないか！　こりゃあ、ありがてえ！」

フォークに刺した肉厚のステーキを丸かじりする兄ちゃんが歓喜の声を上げる。

「おいおいこれ、ギガントホーンだぜ！　この肉厚のステーキ！　ただでさえレアな肉なのに、これが何枚も食えるなんて、大盤振る舞いも良いトコだぜえ！　さすが守護竜様の従者だけあるなぁ、ありがてぇや！」

平たく焼かれ、甘辛いタレがたっぷり掛かったかば焼きをつつきながら、道具屋のお姉さんがホクホクと笑みを浮かべる。

「このお魚って、めったに取れないシーサーペントよね？　かば焼きが香ばしくておいしい～」

香辛料がこれでもかと入った猪鍋を、汗をかきながらふうふう頬張る若者がこちらに気づくと笑顔で答える。

「大牙猪でしたっけ？　なんでこんなに脂っこいんでしょうね……でも香辛料をたらふく入れた鍋が最高に旨いんですが……なんででしょうね⁉」

皆一様に素材の良さをほめたたえ、それを確保し無償で分け与えたクロエたちをほめそやした。

……信者が増えるな？

　無料で用意した料理は割と早い段階でなくなってしまったが、その後はみなワインやらエールやらを飲みながら勝手にクロエたちを称える集まりになってしまった。

「守護竜様、ばんざーい‼」

「どっかの竜様もばんざーい‼」

　市民たちの喝采《かっさい》に、クロエたちは苦笑いを浮かべる。

「ちょっと目的からはズレてしまったが、これはこれでまぁ……悪い気はせんの？」

「そうねー、たまにはこういう奉仕活動も悪くないかもね。って『どっかの竜』って……呼び方雑すぎ。……ひれ伏すがよい！　わが名はレティシア。栄えある東の守護竜であるぞ！　……はいはい、だれも聞いてないのは分ってますよーだ」

　クロエとレティシアの会話を耳ざとく聞いていたものがいた。市長だ。

「守護竜クロエ様。今回はご尽力くださりありがとうございました。おかげさまを持ちましてノーウォルドの市民は大変楽しいひとときを過ごすことができております。……いかがでしょう？このように守護竜様を崇める祭りを定期的に開催させていただくわけには参らないでしょうか？」

「いいんじゃないか？　皆が守護竜を崇《あが》め、奉《たてまつ》る。お前は肉を市民に振る舞う。祭りの名前は……そうだな、謝肉祭というのはどうだろう？　毎年この時期に信仰の対価としてお前らが獲物を下賜《し》してやるんだ。お前らは尊敬を集めてドヤれる。市民はお腹が潤う。どうだ？　いい関係じゃないか」

俺たちの言葉にクロエはすこし考えるそぶりを見せたが、すぐに軽く頷いた。

「よかろう、来年もやろうではないか。謝肉祭」

周りの市民からは喝采が沸き起こった。

「守護竜様、ばんざーい‼」

「どっかの竜様もばんざーい‼」

そして……。

「国王陛下、ばんざーい‼　焼肉王、ばんざーい‼」

おや、とクロエがニヤリと笑った。どうにもこそばゆい。

……てか焼肉王ってなんだよ。


翌日。思い出したようにライザが話しかけてきた。

「そういえばご主人様。昨日の勝負の結果、聞いてないんだけれど」

おお、そうじゃったとクロエがソファに投げ出していた身体をむくりと起こした。

「ああそれな。優勝は……」

彼女たちが生唾を飲んだ。ごくり、と音が聞こえる。

「エリーだ」

ガクリ、と肩を落とす面々。

「なんでよ、エリーは肉料理を」

「出したぜ？　あれから」

途端にレティシアが眉根を寄せた。

「ええ？　だってあのときはエリー、食材は調達してなかったよね？」

「エリーが出してくれたのは『干し肉のスープ』、だよ」

「マジでぇ？　そんなものが優勝、ってこと？」

レティシアは納得いかない様子で首をかしげた。

「ああ。あのとき脂っこい肉料理ばかりで食傷気味だったところにエリーが出してくれたんだ。それが何よりも旨くてな」

「何の変哲もないスープよ？　あんなものが優勝だなんて、ちょっと気が引けるわ」

エリーがティーカップを置きながらはにかんだ。

「何言ってんだ。あのとき本当に、一番旨いと思ったのが最後に出てきたエリーのスープだったんだ」

クロエはじめ、一様に死んだ魚の目をしている。すまんな、一番害がないと思うエリーに勝ちを譲ってくれ。だが美味かったというのは間違いじゃない。

「そう？　ありがと。じゃあ……優勝者の権利を使わせてもらおうかな」

「ま、まさか一晩じゅうご主人様を……!?」

ライザが血の気がすっかり引いた表情で問いかけてくる。

「やだ、そんなんじゃないわよ。ねぇウォーレナ？　明日一日……私とデートしてくれないかな？　一緒に行きたいところがあるの」

「ほう、そんなことならお安い御用さ。どこにでも、お嬢様？」

約束よ？　エリーは嬉しそうに笑った。

市場の騒乱

「辺境伯に造反の動きあり？　何かの冗談……ではなさそうだな」

　大臣は謁見の間に入るなり話すことすらもどかしいように話し始めた。久しぶりにノーウォルド《クソ田舎》にやってきた大臣だったが、それだけの理由があったということか。

「しかしそれ……俺じゃないよな？」

　ふざけて自らを指さして言ってみるも、大臣は口をへの字に曲げて眉根を寄せる。あ、これバカだと思われてるぞ？

「陛下……いっそのこと、帝国に転職なさいますか？」

「いやー、息苦しそうよなーあっちの国。もうちょっとこっちにいて良い？」

「お戯《たわむ》れを……東のホルツマン辺境伯にございます。陛下の御代に替わってからというもの、帝国との関係が噂されております。街中では自治を求めるデモなども起きている状況で、現在辺境伯の要請により、東部方面騎士団が鎮圧に赴《おもむ》いております」

　なんでも住民の多くを占める炭鉱労働者を中心に、自治権を求めて連日活動が行われているという。帝国からの出稼ぎ労働者や、祖先を帝国に持つ労働者が自らの土地と自治を求めているそうだ。

「ホルツマン卿は、事態にどう対処しているのか」

「それが騎士団からの報告によると、積極的にデモを鎮圧する様子は見られない、とのことです。……なんでも住民を刺激したくないとかで」

「バカな。逆効果だろ」

俺の言葉に大臣も深く頷く。

「左様ですな、私もそう思います。それではデモに参加していない住民が不安を抱えることになりましょう。またデモの拡大に伴い、自治に反対する住民との衝突もたびたび起きているとか」

――なにそれ。ずいぶん不味《まず》いことになってないか？


「てなわけで帝国との国境にある、ホルツマン辺境伯領に行きます」

「え、内容の割には軽くない？　ノリが」

ライザがカップを口から離して俺に突っ込みを入れる。

「だって重くしても仕方ないだろ。けれど早く行きたいなって思ってはいる。なにせ今までの貴族の事件といい、水面下では相当帝国にいろいろとしてやられてる雰囲気だし。騎士団は先に入っているようだが……とにかく気になってな。すまん、単なる勘なんだがな」

「まぁ、なんだかんだ言うて主の勘は当たるからのう……行ってみるとするかの」

クロエはポットからお茶をカップに注ぎつつ答える。

「すまないな、クロエ」

「なあに。主のわがままには慣れておるからの。おぬしらもそうであろう？」

カップを掲げながら、我らが守護竜様は悪戯《いたずら》っぽく笑った。それに応じ、みんなもそれぞれ了解の意を見せてくれる。

「ありがとう、みんな」


――ベルクヴェルクはノーウォルドから見たら国のほぼ反対側。ノーウォルドが西の端と表現するならば、かの地は東の端だ。馬で飛ばしてもゆうに二、三週間は掛かる。当然今回もクロエの翼の世話になった。

「しばらく見ぬ間に、ずいぶん汚くなった気がするの」

クロエが意外そうにきょろきょろと辺りを見回す。ここは炭鉱の町。あちこちは黒く煤けているところは当然として、数年前見たときと比べ、明らかに路上にゴミが増えた。デモなどの頻発により、人心が荒《すさ》んでしまっている証左なのだろうか。

「主よ。念のために言っておくが、今気にしても仕方ないからの」

為《い》政者としては申し訳ない気持ちでいっぱいになる。

「あ、ああ、そうだな」

こんなときのクロエの一言はありがたい。

街を流し歩いているうちでも二度三度小競り合いが起きている場面に出くわした。だいたいは周りの市民が鎮めているようだ。それとて本来おかしな気がするが。この街の衛兵は何をしているのか。

街なかをひととおり流し、さて辺境伯の城へと足を向けたとき、市場でひときわ大きな悲鳴と怒号が湧き起こった。一部は農具などを手にしており、なかなか物騒な雰囲気だ。

「王国は何もしてくれない！　俺たちは自治を行い、安心して住める街を作り、守る！」

市場前の公園にある噴水の縁に男が立ち、気勢を上げている。男に同意するもの、反対するもの半々といったところか。

「そんなことやったら目ぇ付けられてあっという間につぶされて終わりさ！」

商人だろうか。男の前には数人の男性が集まり、噴水の男に話しかけている。説得でもしているのだろう。

「そうならないために、俺たちは団結する必要がある、そうだろみんな⁉」

うおおお、と歓声が沸き起こる。盛り上がり方が、危ないな……と思っていたところ。

「手始めに、王国にべったりなこのオヤジ共の市場をぶっ壊そうぜ！　俺たちの街からクソを追い出すんだ！」

早速始まってしまった。各々がナタやらハンマーやらを手にしている。やけに準備がいい暴徒だな……？　などと疑問に思いつつも、まずはライザとビルを連れ彼らの前に立つ。

「やめとけ。どのみちロクなことにならんぞ」などと一応警告してみるも。

「何だテメエ、よそ者は引っ込んでろ！　これは俺たちの問題だ！」

そうだそうだとヤジが飛ぶ。……ですよねー。

「あのな、ここで騒いだら衛兵、その次は騎士団が出張ってくるんだぞ？　下手すれば死ぬぞ」

「それがどうした！　俺らが全部返り討ちにしてやんよ！」

「まずはおっさん、テメーからだ！」

先頭の男がナタを振りかぶってきた。躊躇《ちゅうちょ》する素振りを見せないことにすこし驚いた。コイツ、対人戦の経験がある？　……市民なのに？　でもまぁそれより。

「だれがおっさんだこのクソガキ！」

ナタを持つ手を掴んで体勢を崩し、足を払う。男は面白いように宙を舞い、その場に倒れる。奪ったナタを男の頭の脇に投げ返してやる。深々と地面に突き刺さり男は短い悲鳴を上げた。

周囲は途端に静寂に包まれた。

「え、お、お師匠、怒るとこ……ぷぷ……ソコ？」

ビルが笑いをこらえるように聞いてくるが、笑うな。俺もおかしいと思ってる！　そんな中俺の脇から一歩踏み出す人影が。

「私に、任せてもらえるかしら」

エリーだ。進み出てきた彼女に、周りの連中がざわめく。彼女の衣装の意味がわかる者は敬意を。そうでない者は彼女の外見を。それぞれ口にし、じりじりと下がる。

「お集りの皆さん。お静かに。冷静に。わたくしは王都サザンポート南教区、司祭のエレノア・カートライトと申します」

いつにも増して、やけに澄んだとおりが良い声。それに、心にまで染み入るような優しい声。

さてはエリー、教化《きょうか》の秘術を使っているな？

基本的には拡声、魅了、畏怖。これら三種類の魔法の効能を緩やかにしたような術と聞く。教会関係者しか使えないということだが、俺も使いたい類のスキルだ。今度教えてくれないかな？　エリーなら、押せば教えてくれそうな気もするが。

「この街で暮らす困難について、教会は深く懸念しております。中央から遠く離れ、支援が行き届いていない面もあることでしょう。教会として、お力になれていないことを大司教も大変心を痛めております」

みなエリーの言葉に耳を傾けている。先ほどまで先頭で武器を掲げていた者たちも、いつの間にか武器を下ろしている。

「——何かと不満を抱えている方もいるでしょう。明日の生活、仕事、食事に絶えずお悩みの方もいるでしょう。その不満の矛先が国家に向いてしまうのもやむを得ないことと思います。しかし、それでは解決どころかより——」

そのときだ。広場に面した家屋の屋根にキラリ光るものが見えた。……あれは、伏兵？　弓兵か！　気づいたと同時にこちらに矢が放たれた。狙いは……エリーか⁉

僧侶の役割

なめたマネしてくれるじゃないか！　矢はわかりやすくエリーにまっすぐ向かってくる。腕が良くて逆に助かる。

　意識を集中。途端に時間が引き延ばされる感覚に入る。それに合わせ、飛び込んでくる矢のスピードが遅くなる。あとはそう難しくない。ゆっくり飛んできた矢を掴み止めるだけだ。

「ですので皆さんにおいては冷静に……えっ？」

　突然目の前に現れた格好の矢に、エリーは絶句する。音のほとんどしない矢の攻撃は怖い。魔法ではないので発動時の気配も感知できない。しいて言えば殺気だが、暗殺者はその殺気さえも発することなく命を刈り取る。

　エリーはぽかんと矢じりを見て、次に俺を見てから目を閉じ深呼吸を一つ。再び目を開いたときにはいつもの彼女に戻った。やはり彼女は強い。

「ミミ。見えたか」

「うん。逃げ支度してる」

弓の弦を張りながら、ミミが視線を暗殺者から外さず答える。獲物を見る眼だ。

「よし、撃て。生死は問わん。エルザ。邪悪探知《ディテクトイービル》。エリー、念のために魔盾《シールド》を張れ。メグ、ビル、周辺警戒」

「わかったわ」とエリーは錫杖を取り出し詠唱に入る。

「三時方向、住宅の屋根。こちらは認識されているとおりです。新手が九時方向、射撃体勢です」

　顔を伏せ気味なエルザが簡潔に答える。

「九時のほう、届くか？」

「愚問ですね」

　顔を上げたエルザは微笑みを浮かべ、さも当然のように答える。

「オーケー、エルザ。そちらも排除だ」

「ミミ、どうだ」

「動き止めたよ」

「上出来だ。息があるなら連れてきてくれ。いろいろ聞いてみたい」

　くしゅくしゅと耳をなでてやったらニコニコと笑うも。

「ま、いちお見てくるけど。多分致命傷だと思うから、あんまり期待しないでほしいかなー」

　頼む、との言葉に一つ頷くと、ミミはトントンと壁を蹴ってあっという間に屋根の上に登る。その様子に、市民からはどよめきが起きた。ちょっとした大道芸だからな。

「各員、引き続き周辺警戒を厳に。クロエとライザはすまないが」

「屋根の上の連中の、その背後の有無を調べて来ればよいのじゃろ？」

「すまん、頼む」

間もなく右手の屋根の上に雷が落ち、何者かが地面に転がり落ちてきた。

「神をも恐れぬ破戒者よ、お聞きなさい！」

今までの優しく語り掛けるような口調と一変、凛としたエリーの声が広場を包んだ。ざわつき始めた群衆が、一斉に口を閉じた。

「卑怯な暴力は無意味であることを、今まさに神はお示しになられました。このようなときであるからこそ、対話こそが平和への近道であることを、私は訴え続けます」

そして先ほど暗殺者が潜んでいた屋根に向かって、両の腕を目一杯開いて続ける。

「そして卑怯者よ。私は逃げも隠れもしません！　たとえ私が倒れようとも、正しき者が真の勝利者であることは、すでに歴史が証明しているのですから――！」

エリー。それは違うぞ。正しいから勝利しているんじゃない。正義を名乗ること、それが勝利者だけに与えられた特権だからだ。

敗者にも自らの正義はある。なんなら人の数だけ正義はある。

彼女の説教が終わるころには、群衆はいつの間にか拍手を送るほど彼女の言葉に、彼女の『正義』に酔いしれ、だれしもが市場を襲撃しようなどと息巻いていたことを忘れたかのようだった。

――これが、俺が宗教を嫌う理由だ。

そのまま夕刻となり、本来行くつもりだった辺境伯の城へは結局行けずじまいだった。あれだけの騒ぎがあったにもかかわらず領主の兵が出てこないというのはどういうことなんだ。明日は説教込みの訪問となりそうな気がする。

　結局ギルバートなどの勧めもあり、街の宿屋ではなく、街からすこし離れた騎士団の野営地に泊まることとなった。確かに寝てる間に騒動が起こったら面倒ではある。

　クロエたちに頼んだ件も空振りだったようだ。ま、あんな手の込んだことを仕掛けるほどのバックボーンを持つ者は限られている。どのみち明日明後日にははっきりするだろう。

　食事のあとの押し問答の末、宛がわれた俺専用と称するテントに入ってしばらくすると、外から声を掛けられた。

「兄さん、すこしいいかしら」

　エリーだ。明日の活動についての相談だろうか。いいよ、と返事をすると、彼女はスルリと中に入ってきた。座っていいかしら、とベッドに腰掛ける俺の隣を指さす。

「兄さん。今日はごめんね」

　開口一番、彼女がめずらしくしおらしく謝ってきたので何事かと思えば、市場の一件だった。

「なに。情勢が不安定な中だったんだ。仕方ないさ。そんなことより大丈夫か？」

「あー……。確かにちょっと驚いたけれど。逆にあれのおかげで吹っ切れたわ」

「吹っ切れた？」

　最初困ったような表情を浮かべた彼女だったが、ニコリと笑った。

「ええ。最初、説法で納得しようとしていたでしょ？　今だから言えるけれどあれ、実はできる気がしてなかったの」

指遊びをしながらエリーは恥ずかしそうに笑う。

「そうだったのか？　ずいぶん堂に入った話っぷりだったがな」

だが俺の言葉にエリーは首を振る。

「よしてよ。私が一番わかってる。――暴力は無意味、対話こそが平和への近道、なんて。去年まで戦争やってて、今でもときには暴力に訴える人間が言うセリフ？　……そんなの」

それこそ神への冒涜だわ。エリーは小さくつぶやいた。

「エリーが振るうのは必要に迫られて、のみだろ？」

しかし彼女に納得した様子はない。力なくかぶりを振ると指を組んだ。

「それに今まで散々魔法や奇跡で敵を葬《ほうむ》っておいて、いざ自分の身に危険が迫ると途端に平和とか暴力がなんとかかって言い出す。都合がいいのよ」

「エリー……」

「……こんなとき、無力感に押しつぶされそうになるわ。司教なんかやってるとね、時々思うのよ。私、なにやってんだろうって」

膝の上で手を組み、俯き加減で話すエリーはなんだかすこし小さく見える。

「なにって、普段は教会で人々の悩みを云々《うんぬん》やってるじゃないか」

「そうね。市民から見たらそうかも。……ね、言ったこと、あったかしら？　割と有名な言葉なんだけれど。――宗教家は自らの宗教を信じてはならない、ってね。冗談みたいな話なんだけれど」

彼女は力なく笑う。相当参ってんだな、これは。

「信じてなくて、どうやって布教するんだよ」

「だからこそ、よ。布教する側は常に冷静でないといけないの。自らの宗教を、客観視できていなければならない。そうでないと、諭《さと》して入信させるなんて芸当、できるわけないじゃない」

立ち上がったエリーは二、三歩前に出るも、背中を向けたままこちらを見ようともしない。

「私の義両親も徹底した現実主義者《リアリスト》。そういった意味では、ウォーレナとも気が合うかもね」

振り返ったエリーは自虐的に笑う。そんな彼女の表情を見たくなくて、立ち上がり思わず彼女を抱きしめた。

「ごめんなさい、ウォーレナ。私こんなこと、言うつもりなかった。絶対口にしてはいけない言葉なのに。……ふふ、宗教家、失格ね」

胸のあたりがみるみるしっとりと冷たくなっていく。胸に顔を押し当て、小刻みに震える彼女を慰めたい。けれどいい方法が思い浮かばない。だからただ抱きしめる。

どれくらい経っただろう。そっと離れると頬をほんのりと染め、両の瞳から涙を流す彼女と見つめ合った。すこし困ったような、微笑むような。そんな表情を見せる。

「大丈夫だ。そうやって想い悩む司祭、たまにはいてもいいじゃないか」

「……いいの、かな」

「ああ、もちろん。それに俺はその。そっちのほうがより人として好ましいというか。その、俺は好きだぞ」

「うん……ありがと……」

もう泣くなよと頭をなでると、彼女はもう一度「ありがと」とつぶやき、こつんと再び胸に頭を押し当てた。

「ね、兄さん。……お願いがあるの」

「ん？　どしたエリー」

「今夜は、ずっと一緒にいてほしい」

「……エリー。意味わかって言ってんのか？」

「なによウォーレナ。あなた、いつも俺を頼れって言うくせに」

「普通のお願いならいくらだって叶えてやるさ。だけれどそれは」

「だって、怖い。怖いよ。いつまた弓矢で狙われるかと思うと」

やはり昼間の暗殺未遂は、彼女の心に深い影を落としているのか。頭をなでてやると、エリーは俺の手を取り自らの頬に当てる。

彼女の頬は恐ろしく冷たかった。

「心配するな。次はない。俺たちが、みんなで、みんなを守るんだ」

そっと抱きしめると、エリーはきつくすがりついてくる。……この上ないほど、震えている。

「ダメなの？　臆病な私は、嫌……？　やっぱりいっつも元気なミミのほうが」

「エリー、今日は心がいっぱい疲れてるんだ。ゆっくり眠ればきっと明日は」

「そうよ、疲れてるの。だから癒して。優しくして。私の心、温めてよウォーレナ……」

そんな弱った彼女をすこしでも勇気づけたくて。
彼女の冷たい唇に、そっとキスをした。

クラスチェンジは突然に

——小鳥のさえずりと、甲冑《かっちゅう》が擦れる音に目を覚ました。

腕の中ではエリーが穏やかな寝息をたて眠っている。彼女の手入れの行き届いた銀髪は、わずかに差し込む日の光でさえ、反射してキラキラと輝く。

最近は、女性に対する恐怖感はすっかり影を潜めていた。エリーをはじめ、共に過ごすすばらしい仲間たちに囲まれるうち、どこかに霧散してしまったらしい。俺も癒されたということか。彼女たちには感謝しかない。

そんな中、エリーの脆《もろ》い一面を目《ま》の当たりにし、昨夜はどうにも我慢ならなかった。彼女を元気づけたい、功績や能力を認めたい、守りたい。……彼女と共に歩みたい。さまざまな思いが募り募って、とうとう——

すべて俺のエゴだ。反省はする。だが後悔はない。

気づくと腕がすっかり痺れてしまった。起こさないように、そっと抜いたつもりだったが、彼女の瞼《まぶた》がピクリと動く。

「すまん、起こしちゃったな」

「ん……おはよ」

上目遣いで恥ずかしそうに、微笑みをたたえ朝の挨拶を返してくれる最愛の女性。朝のスタートを切るには、まさに最高のシチュエーションと言えるのではないだろうか。

彼女の頭をなでながらキスをすると、彼女もキュッと腕を絡めてきた。柔らかく、温かい彼女の身体が素肌に密着し、朝からうっかり滾《たぎ》りそうになるがそうもいかない。

「……どこか、痛んだりしないか？　その、乱暴に扱ったつもりはないが」

「んー。……すこし痛むかな、所々」

「えっ、それはマズイ。はやく治療を」

「ええ？　やだ大げさよ。こんなのすぐ収まるわ。それに」

「……それに？」

「覚えて……おきたいから」

覚えておく。その意味はよくわからないが、妙な気分にさせられた。

エリーが俺の頬をなでながらじっと見つめてくる。

「ね、昨日言ってたこと。……みんなで守るっていうの」

「ああ。互いにみんなを助け合う。それがパーティーだ」

彼女の手に指を絡め、互いに握りしめる。

「私ね、司祭って結局回復するしかできないんじゃないかって思っていたの。でもそうじゃないんだって、思いを改めたというか」

「うん」

「私にも、もっとできることがあると思うの。それってとっても素敵だなって」

　エリーがキスをしてくれる。

「だから私も、みんなを守っていきたい」

　その瞳からは夕べの憂いはすっかり消え去っていた。

「エリーならできるさ。今までだってそうさ、これからも頼りにしてる」

　その言葉に彼女は最上級の笑顔を見せた。


　軽くおでこにキスをしてから、先にベッドから抜け出す。手早く服をまといつつ背後を盗み見れば、髪を纏める彼女の背中が日を受けてチラチラと白くまぶしい。二の腕の下で、豊かな胸がすこしだけ見え隠れするのも実に扇情的だ。

「あん、ふふっ。ちょっともぉー。髪纏められない……っ」

　こうやって、ついつい背後から抱き着いてしまうのも仕方ないことだろう。身体をよじってエリーが逃れようとするのをしっかり掴んで離さない。

　そうやってイチャついてたら、ついに「支度ができない」と怒られた。ごめん。

　エリーは支度に時間がかかるということで、先に出ることにした。女性は大変だ。テントを出て黄色い太陽に挨拶代わりの欠伸を見せていたら、背後から突然声を掛けられた。

「陛下、ゆうべはお楽しみでしたね」

「うわあ、びっくりした。……なんだよミミ。この世の終わりのような声出して」

睡眠不足のようなミミが、生気をなくした目をしつつ、ぼそぼそと抑揚なく話す。

「いやあ、とうとうエリーをガチで手籠めにしたようで。クラスチェンジおめでと、これで魔法使い卒業だねー」

「うん、言い方もうちょっと優しくして？」

心なしかミミのアイコン、大きな耳もしおれている気がする。そのまま二人で並んで歩く。

「いやー、よかったよ。エリーも気にしてたから。ダンくんとの仲が進まないって。後がつかえてるんだから早くしろって周りもすごくて」

「そういう話題、出るんだ」

なんでさっきから抑揚ないの？　んでなんで死んだ魚のような目してんの？　てかつかえてる、ってなんなの？

「ええ？　そりゃ女同士だから、多少はね？　……でもさ」

そこまで言ってからミミが言いよどむ。なんだよ、じれったいな。

「も、もちろん良いことなんだよ。ダンくんもちゃんと女の子に興味があるってことがわかってやったー！　って気分だし？　そもそもウチは……二番目だし……」

ちょ、早口。それに最後は徐々に消え入るように声が小さくなったため、よく聞き取れなかった。

「えと、話が見えないんだが」

「だっ、だからさ、今度はウチのことも見てほしいっていうか。その、さ。ちょっとだけ悔しいっていうか。……んもう、わかれし！　バカっ」

ぽすっと軽く肩を叩くと、ミミは小走りにその場を後にした。

「……いい加減、わからないフリはできない、ってか……」

昨夜のエリーとの会話を思い出し、頭をかく。

詰所のテントに向かうと、すでに騎士たちは詰めていた。敬礼に答礼しつつ奥へと向かう。東部方面騎士団の幹部と、ギルバートが出迎えてくれた。

「おはようございます、陛下」

「ああ、みんなおはよう。状況は」

「よくありませんね。昨日夕方辺りから流言が流されております。主に陛下と騎士団への誹謗《ひぼう》が中心です」

「ちょうど市場で大演説やらかした後からでしょうなぁ」

周りからさわさわと笑いが生まれる。……やけに行動のタイミングがいい。やはりこれはタダのデモではない、ということか。

「すみません、昨日は出すぎたマネを」

遅れてやってきたエリーが、入ってくるなり早速話のネタにされた件を詫びた。

「いえ、エレノア殿。あのタイミングで止めていなければ市場は壊滅的な被害が出ていたことでしょう。良い判断だったかと」

東部方面の騎士の言葉に、エリーは胸をなでおろしたかのようだった。

「大丈夫か、エリー」

「もう、さっきも言ったでしょ。大丈夫」

急に詰所がシンと静まり返った。

なんだなんだ？　こっちをじろじろ見るな。

「なんだ？　報告は以上か？」

「い、いえ！　流言の影響でしょうか、市民に動揺が広がっており、騎士団の活動にも支障が出始めています。協力に消極的な市民も現れていますので、事態は悪化していますね」

若い騎士が続けて報告をする。

「さっき見回りを先導してきたんですが、子供に『お前らも国を盗んだずるい王様も、俺が大きくなったらやっつけてやる！』なんて言われちゃって……はは」

余計なこと言うな！　などとベテランに小突かれた。

「いや、真実が知りたい。できれば隠さないでほしい。ありがとう、君」

とはいえ、国を盗んだずるい王様、か……。へこむなぁ。などとしょんぼりしていると背中に温かいものが。エリーが背中に手を添えている……のか。ちら、と彼女を見ると首をすこし傾けまなじりを下げた。

また急に詰所がシンとなった。なんだいったい？

「えーっと……以上か？」

「あ、し、失礼しました！　そのような情勢ですので、見張りと巡回は厳とします。場合によっては市民との衝突もあり得ます。辺境伯閣下との連携も必須かと」

「そういや昨日のバタバタで辺境伯への挨拶ができてなかったな」

午前のうちにでも辺境伯の城に行かねばなと考えているときに、バタバタと慌ただしく何者かが掛けてくる音がした。

「報告‼　デモ隊が中央広場に集結し武装蜂《ほう》起！　自治権を求めてこちらに進行を始めております。我々への要求は、辺境伯領からの即時撤退です！」

走りこんできた騎士の言葉に周りは一斉に臨戦態勢となった。

「なんだと？　辺境伯閣下の動きは」

「現在のところ、動きがありません」

「辺境伯閣下に伝令！　デモを鎮圧するために助力を仰ぐのだ！」

団長と幹部数名を残し、ほとんどの者は一斉に詰所を後にした。これはもう呑気に辺境伯と面会、なんてことは言えなくなってきた。

そもそも公式には俺《国王》がここに来ているという事実はない。下手にそのことが公になるほうが悪影響に働く可能性が高いだろう。

伝令によると、辺境伯は鎮圧部隊を編制中であり、昼すぎには市内に展開するとのことだった。遅すぎると息巻く騎士たちを何とかなだめていたが、午後には事態はさらに悪い方向に転がっていった。

「ベルクヴェルクの兵が展開しました！　……しかし」

「しかし、なんだ」

伝令が言いよどむ。おおかたロクでもない内容だろう。

「は、基本的には城の周囲を取り囲むように配置しております。おそらく、デモ隊を城に近づけさせないための布陣と思われます」

「防御戦というならわからなくもないが……このタイミングでか？　妙だな」

「ええ。デモを鎮圧する気がないのでしょうか。こちらはまさににらみ合っているという状況ですのに」

ギルバートが歯がゆそうに爪を噛む。

「そもそも君たちがここにいるのは、辺境伯からの要請だったと聞いているが？」

「はい。先週から警備目的で滞在しております」

東部方面騎士団のメンバーは与えられた職務を忠実にこなしている。

「辺境伯の兵とデモ隊は衝突してはいないのだな？」

「ええ。デモ隊が相手にしていない、というように見えます。最初から我々騎士団しか対象としていないような」

それはつまり、辺境伯とデモ隊がグルである……大臣たちの報告内容を裏付ける動きではないか？　しかし証拠がない。

「よし。今夜調べものをする。騎士団は絶対こちらから手を出してはならんぞ」

「ええと、調べものって……？」

ギルバートがあいまいな笑みを浮かべる。たぶん、君が思っていることだよ。

「ああ。辺境伯の城に潜入する」

「ですよねー……」

さて、長い一日になりそうだ。

潜入

「どうせ二人っきりなら、もっとロマンティックな場所が良かったっていうか」

ミミはここに来てもなお、ブックサ愚痴っている。朝のことをまだ引きずってるのか？

「こんなところで見る月も、案外おつなもんじゃないか。切り替えていこうぜ」

今日の月は半月。明るいので潜入には向かないが、贅沢は言ってられない。

「はあ、ダンくんがそれ言うの、おかしくないかなぁ」

ミミがロープを準備しながらボヤく。

「そうか？　さ、仕事だ。そろそろマジで切り替えてくれ」

わかったよぅ、と彼女はロープを使い器用に屋根を下りていく。その様子を見てため息を一つ。

俺もロープで下りていく。

先ほどエルザに辺境伯の城にある塔の屋根に送ってもらったのだが、そこから下りて最上階の窓にとりついた。

ミミが窓枠の陰に隠れながらスルスルと下りて中を確認する。予定どおり見張りの類はいないようだった。部屋に躍り込むと兵士の代わりにいたのは大量の麻袋。おそらく麦だろう。ここは食糧庫だ。

「図面どおりだね。楽ちん」

「ああ。でも油断するなよ？　想定外ってのもあり得る」

「当然。ところでこの服、ずいぶん動きにくいね。変えたほうがいいんじゃね？」

ミミは身体をひねって服をまじまじと見る。

俺たちは兵士の服で潜入している。彼女は普段、チューブトップにホットパンツというほぼハダカ（と言うと偏見だと怒られるが）で活動するため、全身すっぽり覆われている服はお気に召さないようだ。

今回はエルザに認識阻害の魔法を掛けてもらっているので、彼女の自慢である尻尾や耳は見えないようになっている、らしい。が、触れるとその存在は知覚できるので、触らせてはいけない、とのこと。

「目立たないようにするためだ、我慢しろ」

階下に下りて身を隠しながら移動しつつ、兵士たちの声を拾う。

「……なんでデモ隊を鎮圧しないんです？」

「上からの命令は待機だ。なんでも騎士団が担当するらしいから余計な手出しは無用だと」

「ええっ。他所《よそ》の人間にやらせるとか、舐められやしませんかね」

「知らねえよ。ならお前が閣下に聞いて来いよ」

この時間なら辺境伯はおそらく居館《きょかん》だろう。人目を盗みつつそちらに移動するも、入り口はずいぶんと大人数で守られている。

「ずいぶん人数が多いな」

「ちょっと抜けるのは無理っぽいね」

「やっぱり裏口を使うしかないか」

図面を頭に思い浮かべる。裏の炊事用の勝手口……そのさらに奥の2階部分に戸板がついている。そのうちの一つ。倉庫に付いた窓だ。

壁際に立って足場になる。俺が頷くとミミが軽く助走し、俺の手を踏み台にするとひらりと戸板の枠に取り付く。ナイフで器用にこじ開けると中に入る。間もなくロープが降ってきた。

ほぼ光のない倉庫だが、ミミには問題にならない。俺の手を取り、倉庫に置いてある物を上手く躱しつつ、スルスルと出口に向かう。ほどなくして扉の枠の形に光が漏れている場所にたどり着く。

聞き耳を立ててみるが、内部は外ほど人がいないようだ。この階は食堂。食事の時間は終わっているはずだ。扉をそっと開き廊下を覗き見ても、やはり人の姿はない。階上に向かう。

階段を上がり切ったところで人の声がした。奥から人が近づいてくる。

「今日の客人はエライ別嬪でしたね。どこのお嬢様なのか知りませんが、まさか側室とか」

「ばっか。そんなわけないだろ？　それよりさっさと当直に代わって帰ろうぜ」

まずい、隠れる場所がない。階段の反対側もすぐ突き当りだ。迷っている間にも兵士は近づいてくる。ええい、仕方ない。

「ミミ、こっち」

彼女の手を引き、そのまま反対の突き当りの窓に向かう。抱き寄せて窓に掛かるカーテンに身を隠す。

「ふわ、だ、ダンくん」

「すまん、ミミ」

一応断ってから彼女の口をキスで塞ぐ。ビクリと一度驚いた様子の彼女だったが、俺の背中に腕を回し、背中をゆるゆるとなでてくる。水っぽい音を立て、ミミは悩ましい吐息を一つついた。かと思えば甘えるように俺の唇を求めてさらに吸い付いてくる。

情熱的なキスを見せつけられた兵士は思惑どおり冷やかしを掛けてくる。

「なんだぁ、ずいぶん見せつけてくれるな？　……ったく、そういうのは帰ってからやれよな」

「おい、ほっとけよ。さっさと上がってハンナの店で飲もうぜ、ちくしょう」

ひとしきり観察された後、連中はだれそれを買う、などと飲んだ後の計画を話しつつ階段を下りて行った。外があんな状態で店は開いてるんだろうか……？

蕩けた表情のミミの舌が名残惜しそうに離れたときには、すでに兵士の声は消えていた。

「ん……はぁ」

「すまん、大丈夫か」

「へぇ……？　あ、うん、だいじょぶ……だいじょぶ……だよ」

我に返ったミミが口元をグイッと袖で拭う。

「へへ、きもちかった……」

「まだ目的を達してない。急ぐぞ」

廊下を進む。すると先の扉から数人の男女が会話する声が漏れてくる。ここは確かサロンだ。

互いに頷いて隣の部屋に入る。

屋根裏に上がり、隣の部屋の上に出る。先ほどより声がはっきりと聞こえてきた。天井パネルに隙間でもあればいいんだが、残念ながらそのようなものは見当たらない。

「ということは、作戦は今のところ順調。ということでよろしいですわね？　皆様方」

女の声。話し方からして、配下に語り掛けているように聞こえる。

隣ではミミが同様に聞き耳をたてる。

「はい、シルヴェーヌ皇女殿下。すべて予定どおりでございます」

このセリフにはさらに驚かされる。シルヴェーヌ⁉　今そう言ったか⁉　皇女殿下などと敬称が付く人物に、俺は心当たりが有りすぎる。

……シルヴェーヌ・シャルロット・バーデル。オルレーヌ帝国第二皇女。

やはり裏で糸を引いていたのは帝国。しかも足元の女性は王族ときたもんだ。さらにこの城でご内密の会談としゃれこんでいる事実から、当然辺境伯もクロということになる。

「わが軍の状況は？」

「は。現在国境から半日のところで野営中との連絡が入っています。辺境伯閣下の宣言に応じ、『自治権を求める住民たちの保護』を名目に越境。他領との境に、街道近辺を中心に展開します」

独特な言い回し。コイツはおそらく帝国の軍属だろう。

「現在、領内に留まっている王国の騎士団については、張り付かせている偽装領民が押し出します。領民には手を出せない腰抜けどもです、楽に排除できるでしょう」

　この声はおそらくホルツマン辺境伯。祖父の軍功に胡坐《あぐら》をかいてダラダラと愚かな執政を行っている、典型的な世襲貴族との評判は間違いではなさそうだ。

「そうですか。それは重畳」

「場合によっては人質役も作って揺さぶるのも良いですなぁ。はっはっは！」

　辺境伯の軽口に、シルヴェーヌはトーンを下げて話しかける。

「皆様。作戦の成功はもちろん重要ですが、その前に皆様方は栄えある帝国軍人です。その名にふさわしい、品性ある作戦行動を期待します。……相手に合わせる必要は、全くないのですから」

「も、もちろんでございます、皇女殿下。勝利まで、どうぞ心安んじられますように。こちらにて、吉報をお待ちください」

　先ほどの軍属が軽く一礼をすると、シルヴェーヌは「休みます」と言った後、扉が開く音がした。部屋を後にしたようだ。

　えらいことになった。辺境伯が一枚噛んでいることがわかればよかったのだが、帝国と相手の王族まで絡んでいるとなるとのんびりしてはいられない。軍も近くまで来ているというのなら、明日にでもなんとかしなければならない。

　その場を離れようとしたとき、気になる会話が始まった。

「ふん……小娘が。何が品性だ。野蛮な王国の連中相手に遠慮など。これだから温室育ちは」

「これこれ。殿下も王国の哀れな民のため、いろいろと腐心されておるのだ。願いは叶えたいであろう？」

「何をたわけたことを。お主が一番当てにならんではないか」

さわさわと数名が笑う。ひとしきりジョークとも批判ともつかない会話が続いたのち、手が二回打たれた。それに合わせて会話が止まる。

「さて諸君。王族批判はそこまでで。……明朝、正門広場で市民を集めて決起の宣言を行うのだ。スピーチはもう、考えたかね？」

……お偉いさんも大変なことだな。

こちらも気が抜けてしまったのだろうか、油断した。

「何者だ⁉」

梁《はり》から足を踏み外し、音を立ててしまった。ミミと目配せし素早く天井から下りるも、素早く駆け付けた兵士たちに見つかってしまった。

「どの隊の者か⁉」

その問いに答えるつもりはない。素早く駆け寄り当身でみぞおちと喉をそれぞれ打つ。

「がっ！　ぐっ！」

悲鳴をあげようにもあげられまい。ひるんだところで顎を横から打って昏倒させる。

「きっ、貴様っ！」

剣を抜こうとしてきた相手にスツールの足をお見舞いする。ぐいっと回せば足が剣と腕を絡めて動けなくしてくれる。人中――鼻の下だ――をしたたかに打ち据えてやるとたまらず手を添えて悶絶する。スツールをひっくり返して殴りつけるとそのまま倒れて大人しくなった。

もう一人はと視線を向けると、ちょうどミミが背後から首を極めて倒れこむところだった。嫌な音が響いて大人しくなる。

次のお客が来る前に脱出したい。窓に取り付き一気に躍り出る。三階だが強化《ストレングス》でどうとでもなる。ミミは生来の軽業《わざ》があるので気にしない。

背後で一斉に明かりが焚かれるが、そのときにはすでに藪《やぶ》に身を隠した後だ。

「あ！　あそこ！」

居場所がバレた!?　一瞬ギクリとするが、異変を察知したエルザが上空を悠然と飛びながら攪《かく》乱をしてくれているようだ。

飛竜に気を取られ大騒ぎの城内を尻目に、俺たちはまんまと城外に逃れることができた。

辺境伯の城からすこし離れた路地で立ち止まり、追手の有無を確かめる。十分撒《ま》けたようだ。

「最後、ちょっとヤバかったね」

ミミが息をつくと壁にもたれかかり、笑った。

「ああ。すまない、油断して足を踏み外した」

「仕方ないよ、こういうときもあるって！　……でもぉ、ちょっとお詫びの印がほしいかなぁ」

彼女はにしし、と笑いながら上目遣いにこちらを見る。

「う、ま、しようがないか。今回は俺のミスから始まったことだもんな。……何がほしい」

「そうだなぁ。じゃあ……ウチのこと、抱いてよ」

半ば予想していたこととはいえ、思わず構えてしまった。途端にエリーの顔が浮かぶ。

「えと、それは――」

「っていうのはダンくんにとってはハードルが高いだろうから？　今回はキスで我慢してあげるよ。ただし、ダンくんからしてくれるのが条件」

拍子抜けというか、まさかミミがこんなあっさり譲歩するとは思わなかったから思わず「うん」って言っちゃった。

そして同時に、昨夜エリーから聞かされた言葉を思い出す――


「――ねえウォーレナ。お願いがあるんだけれど、いいかな？」

腕の中のエリーが先ほどまでの甘えた様子から一変、真剣な表情を見せた。

「ん？　どうした急に」

「別に急な話ではないんだけれど……他の女の子についてのお願い」

え、それって「浮気はダメよ」とかそういう類のことを言われるのだろうか……？

「あ、ああ」

「ウォーレナはどう思ってるかわからないけれど、みんな貴方に惹かれてる。それって気づいてる？」

「まあ……、それなりには」

「そう……あのねウォーレナ。できればみんなの気持ち、受け止めてあげてほしいの」

「ええ？　でもそれってつまり」

「わ、私だって不安よ？　ようやく初めて貴方とこうやって……結ばれたのに、こんなこと言うの。でもみんなの気持ちも痛いほどわかるし。私だけ、貴方とこうしているなんて、その、んっ」

それ以上は口にしなくてもいいようにキスをする。これだけ言うのにも相当迷いがあったに違いない。俺にできることは、みんなの気持ちに正面から向き合って、真剣に真摯《し》に想いに答えることなんだろう。

唇を離すと、エリーが蕩《とろ》けたような表情でこちらを見る。

「わかった。エリーと、みんなを悲しませるようなことは決してしないと誓うよ――」

「んんっ？　うんって言ったね？　男に二言は」

「もちろんないさ。……ミミ、今夜はありがとな、助かった。これが礼になるとは正直思えないが」

「ううん、ばっちりお礼だよ？　ね、早く……きて」

誘われるままミミと口づけを交わす。彼女は俺の背中に腕を回してくる。さわさわと背中をなでられる感触に心がざわめく。ミミの香りに、意識がぐらりと揺れる。

どれくらいこうしていただろうか。離れる際、ミミが俺の首筋を軽く噛んだ。

「いてっ。何する――」

「待ってるって言ったけど、やっぱ辛いよ。ウチもダンくんのこと、マジでほしいし。今でも押し倒したいくらい」

「あのな、ミミ」

「うん、わかってる。待つって約束、だもんね。いつでも待ってる……から」

噛み跡をペロリと舐めたあと、ミミは俺から離れた。

皇女の宣言

普段着で街歩き……と言えば余暇を満喫しているようにも聞こえるだろうが残念。絶賛作戦行動中なわけで。

「機は熟した！　長きにわたり王国に虐げられた苦難の歴史から、今こそ炭鉱労働者諸君を解放するときが来たのだ！」

辺境伯の居城。その正門前広場に集まった群衆の前で、辺境伯殿自らが段上で高らかに宣言した。……ってか虐げていたのは辺境伯《君んとこ》でしょ？　調べは上がってるんだ。なに王国に責任転嫁してんだよ。

「私は本日ここで、労働者諸君による自治権を認め、同時に自治区の制定を認めるものである。王国は強く抵抗を見せることだろう。でも安心してほしい、我らには強い味方がいる。……こちらの！」

そういって辺境伯は大仰《ぎょう》な身振りをつけて隣の女性に視線を集める。

「オルレーヌ帝国の皇女であらせられる、シルヴェーヌ殿下が！　諸君らを確実な勝利へと導いてくださる！」

盛り上がりを見せる群衆。見た目はいいからなー。

「ベルクヴェルクの皆さん。お初にお目にかかります、オルレーヌ帝国第二皇女、シルヴェーヌ・シャルロット・バーデルです。皆さんの日頃からのご苦労、遠く帝国首都にまで届いております。そのため我が曾祖父の代より、この地を解放することは、まさに悲願ともいえるものでした。まずはこの地を橋頭堡《きょうとうほ》に、さらに王国に苦しめられている無辜《むこ》の民を救うため、わたくしは全身全霊を以《も》って戦うことを、ここに宣言いたします！　皆さん、共に戦ってまいろうではありませんか！」

　さらに沸騰する群衆たち。面倒なことになってきている。しかし白昼堂々名乗るとは。大胆なのか何も考えてないのか。

「先ほどの辺境伯閣下の宣言を受け、我が帝国軍は皆さまとこの『自治区』警護のためにまもなく越境して参る段取りとなっております。恐れずに皆さんの権利を主張してまいりましょう、我々はそれを全力で支援いたしますわ！」

　ええ……帝国軍が越境して来るってところまで話しちゃうの？　これ騎士団がいたらただでは済まないよ……。もう俺が聞いてるけど。

「そして、この潮流はやがて大きなうねりとして王国中心へと至るでしょう。その暁にはかの愚王、ウォーレナ・グレンヴィルを討ち果たし、王国の民に真の自由を！」

　群衆の興奮は最高潮だ。しかし大きく出たな。王国の転覆か。ずいぶん好き勝手やろうとしているもんだ。こんなことのために王国の市民や騎士たちが右往左往しているのかと思うと、怒りがふつふつと湧いてくる。

　とはいえ数の多さはいかんともしがたい……やっぱ止めるためには頭を押さえるのが効率的、

だよな？

　フードを目深にかぶりシルヴィ……シルヴェーヌの足元に躍り出る。あっという間に周りを兵士が囲む。

「何奴だっ⁉」

「通りすがりの商人でございますが……先ほどの件、少々商売に差しさわりがありまして。やめてもらうわけにはいかないですかね？」

「ふざけるな！　一介の商人の都合でどうこうできるものでもないくらい、わかり切ったことであろう」

「左様でございますか。……ちなみに皆様方は王国の兵士の方々とお見受けしますが、その様子では、とっくの昔に王国を見限られたクチですか？」

「さっきの宣言を聞いておらなんだのか！　もうよい、誰か引っ張っていけ！」

「それなら仕方ないな。排除させてもらおうか」

「あ？　貴様、何を言って――っ！」

　横柄な兵士の言葉は唐突に途切れた。剣の鞘が、彼の顎を強かに打ったためだ。そのまま周りの数名を巻き添えにして二回転半。吹き飛ばされるように周りの兵士が数名、倒れてうめいている。

　……顎砕けたかな？　いっそ剣で斬ってしまったほうが彼らにとっては幸せだったかもしれない。

今の一撃で恐れをなしたか、続きの客は現れない。遠巻きに次はだれが行くんだ、と互いをけん制しているようだ。情けない。

周りにいた群衆も、先ほどの攻防を見てそれぞれ別の用事を思い出しでもしたのか、蜘蛛の子を散らすようにいなくなっている。

鞘を腰に下げつつ倒れている連中の顎と将来を心配していると、辺境伯がわめきだす。

「お、おのれ男！　不意打ちとは卑怯だぞ！」

「おや辺境伯。アンタのやってることも、ずいぶん不意打ちだと思わないか」

ひらりと壇上に飛び乗り、辺境伯に襲い掛かる。さすがは腐っても辺境伯。多少の心得はあるようだ。だがそこまでだ。雑な剣技の隙を狙う。相手の剣を跳ね上げ、首に剣を突き付ける。

「こんな火遊び、いい加減止めてもらえませんかね？」

「つ、強い……っ！」

辺境伯が脂汗を流す。その背後で動く者が。首を狙った刺突。ふいと上半身で躱す。フードが切り裂かれ、顔が白日の下にさらされる。

「んっ？　……ああっ⁉　あのときのラッキースケベ男っ‼」

剣を引いたベリータが、俺に向かって指を差して叫ぶ。

「俺に取っちゃラッキーでも何でもなかったがな。ベリータだったか？　それに……やあシルヴィ。それとも皇女殿下って呼ぶべきかな？　……商売のほうは順調かい？」

段上に上がってきたミミたちに辺境伯を十分もてなすように、と託す。

「ダン様……あなた、どうしてこんなことを？」

シルヴェーヌがふらふらと一、二歩進み出てつぶやくように口にした。

「言ったじゃないか、商売の邪魔だって」

一応笑顔で返してやる。剣を鞘に納めながら彼女の問いに答えた。

「そんな。ただのいち商人のあなたがこんな大それたことを。いくら商売に影響があるからといっても。ここにいる者たちに命を奪われるかもしれないというのに！」

身振りも激しく訴えかけてくるのは、商人である俺の立場を思ってのことなんだろう。ありがたいことだ。だがそうも言ってられない。

「そうかもしれないな。なんでまずは話し合いに。……できればこんなこと、止めてもらいたいんだが」

「そんなこと、聞けるわけないだろう⁉」

いちいち割り込んでくるのはベリータの悪い癖だ。まったく、待てができない番犬が。斬りつけてきた剣を居合で受け止める。ギリギリと金属がきしむ音をよそにベリータに問いかける。

「おい。俺は今、アンタのご主人様と話してんだ。邪魔すんな」

「ふざけるな、貴様のような無礼で大局も顧みない者が、殿下と言葉を交わすなど！」

「キャンキャン吠えるな、うるせえ」

片手で剣を受けたまま強化《ストレングス》が掛かったボディーブローをぶち当てる。

「ぐ」

身体が浮いて動きが止まったところで剣を押し、柄で殴る。

派手な音を立ててベリータは倒れこんだ。

こういうとき、「女性になんてことを」などと文官とかは言うんだが全くもって当たらない。

こいつは軍属だ。兵士に対してはそれ相応の対応をするのがマナーってもんだ。そうだろ？

「女に手を掛けるのは流儀に反するが……軍属ということなら話が違う。悪いが命、もらうぜ」

「やめなさい！」

皇女殿下がめずらしく激しい物言いで止めに入った。おかげで振り下ろしていた俺の剣は指二本分、ベリータの首に届かなかった。

「一介の商人が軍属の何たるかを語る貴方こそ、不遜《そん》ではありませんか!?」

「ふむ。そう言われれば確かに。……だがさっきも言ったように、こちとらアンタらのおかげで商売あがったりだ。どう落とし前つけてくれるんです？　殿下」

いったん剣を鞘に納めつつ、呆れた様子で問いかけた。対するシルヴェーヌは苦虫を噛み潰したような表情を見せる。

「殿下、お下がりください！」

そういう近衛らしき者も、クロエたちに押さえられ近づくことさえできない。

「さてさて、一介の商人ごときに完全に首根っこ押さえられている状況なわけだが……そうだ。ひとつ提案があるが、聞いてみるか？」

「提案？」

訝し気にシルヴェーヌが返す。

「ああ。このまま帝国にお帰りいただくってのはどうだろう？」

「そんなこと、できるはずもございません！」

主従も長く一緒にいたら、言い回しも似てくるのだろうか。

「とはいってもなぁ。これじゃあ埒《らち》が」

「まずいぞ主よ。……こんなときに限って、奴が来おった」

クロエが舌打ちをしたあと、忌々しそうにつぶやいた。

「奴って……えっ、アイツ⁉」

振り向いたときには目の前に拳が飛んできていた。剣を抜きギリギリ防ぐ。バチバチと剣から火花が散る。相手は拳だぞ。火花っておかしいだろ⁉

「貴様、我が庇護下の者を害すとは。……当然、覚悟はできておろうな？」

地の底から響くような声で脅しつつ、こちらをにらみつけるその姿は守護竜の貫禄十分。炎神と見紛うほどの殺気をまとった相手はやはり、東の古竜、レティシアだった。

わずかの間にらみ合っていたが、禍々しいほどの気配が唐突に霧散する。

「……あれ？　ウォーレナきゅん？」

首をかしげて尋ねる彼女の無垢さに、まさに毒気を抜かれるというのか。「ええ、まあ」などと返事しそうになった。気を抜いたところでいきなり抱き着かれる。

「わぁ〜。ウォーレナきゅんだぁ。ふんふん、やっぱいい男はいい匂いするよね〜。ていうか手加減していたとはいえアタシの一撃を防げるなんてキミほんと人間？　うん、やっぱいいわぁ〜。持って帰りたいっ、っていうかいいよね!?　うん、一緒帰ろ!?」

「は？　れ、レティシア様？」

シルヴェーヌが間抜けな声を上げる。

「やっほ〜、シルヴィちゃ〜ん、遊びに来たよ〜？　……で、さ。何やってんの？」

「……この状況を見て、わかりませんか？　レティシア様」

「ん〜、遊んでるようには、見えないね？　ベリータちゃんなんか気絶してるし。あっは、笑える〜」

「笑いごとではありませんわっ」

「さっさと主から離れんか、このバカちんがっ」

クロエが突っ込みにしてはやたらに鋭いチョップを放つが、レティシアは涼しい顔をしてひょいと躱す。

「んあ。てかいたんだクロエちゃん？　それよりさ、ウォーレナきゅん貰ってっていい？」

レティシアがひらひらと手を振る。いや絶対ハナから存在に気づいていたよなぁ？

「貰ってっていい？　って……貴様はあれか？　バカか？」

「あの、ウォーレナ、って……まさか」

シルヴェーヌが気づいてしまったようだ。人間、知らないほうがいいことが多いと思うんだが。好奇心は時に人を殺す。

「ん？　ウォーレナ……えっと、名前なんだっけ？　ウォーレナきゅん？」

「ウォーレナ・グレンヴィル……何の因果か、この国の国王やってる」

突然のレティシアの登場で場の空気が変わった。彼女の出方を窺っている間に、シルヴェーヌたちは彼女の背後に引っ込んでしまった。これでは手が出せない。このまま膠《こう》着するかと思ったが、皇女様はこの状況から再度がんばるらしい。なんとも健気だね。

「さ、簒奪王……なぜ、ここに」

「いや、それはアンタらがよくわかっているだろう？　よからぬことを企んでる誰かさんがいるって聞いたんで、わざわざ出張ってきたまで」

「あなたが……この国の王だったなんて、そんな……。ああ、神様なんと残酷な」

若干顔を青くしてレティシアが口を押さえる。いや、そんなショックなことか？　こんなおっさんで悪かったな。

「ん？　なんでいいじゃん別に」

　まあ、あっけらかんと言ってくれるよ。この緋色の古竜様は。

「よくありません、レティシア様！　この……！　さ……簒奪王のために、王国の民は苦しめ続けられているのですよ⁉　そのために私たちはどれほどっ……！　……ウォーレナ・グレンヴィル」

　一瞬苦しそうな表情をしたのは気のせいだろうか。いったん息を飲んだ後はいつもの彼女に戻った。

「……なんだ、オルレーヌ帝国第二皇女殿下」

「あなたの行っていることは、神への冒涜《とく》です。今すぐ王位を降りて、民を解放なさい！」

　神だとなんだのはあまり信仰していないが、この物言いはひどい。俺は人に後ろ指さされるような行いはしていないつもりだ。

「いやいや、何を言ってるんだアンタは。冗談は休み休み言ってくれ。神とやらを冒涜してるとするならば、それはむしろアンタらだろ？　ここまでアンタの国に寝返った貴族を粛清してきたがひどいもんだったぞ。商人から金品を巻き上げるにとどまらず娘をかどわかし慰み物にしたあげく命まで奪う鬼畜。カジノと麻薬漬けにして国を疲弊させた悪人。さらに」

　頭に来たもんだからこいつらの罪状を一から全部並べてやろうかと思ったらシルヴェーヌが口を挟んできた。話聞けよ。

「ちょっ、ちょっと待ってください！　……あなたは何を言ってるんですの？」

……ん？　こいつ、本当に何も知らないでここに立ってるのか？　だとしたらとんだ道化だ。

ここは説得が効くかもと再び口を開こうとしたときだった。

「シルヴェーヌ様！　敵の戯言に付き合う必要などございません！　早くお逃げください！」

　スペシェも横からうるせえ。

「いやいやそれよかさ。ホント大変だねウォーレナきゅんも。ねぇねぇ、よからぬことって何？」

「レティシア様！　何を悠長な！　我が帝国の守護竜であらせられるのでしたら、今のこの状況をどうにかしてくださいまし！」

　ずいぶん勝手な言いぐさだなあ。侵略してきて都合が悪くなったら守護竜頼みかよ……。

「ええ？　そんなこと言ってもさあ。アタシ、ウォーレナきゅん気に入ってるし。それに盟約破るわけにもいかないし。……怒ったら怖いんだよ、あの神様」

「で、ではせめて、あちらの守護竜を抑えることはおできになるでしょう!?」

　クロエを指さしながら言い募《つの》るシルヴェーヌ殿下。なんだか滑稽にさえ見える。

「うーん、まぁそれならいいか。……この間の借りも返したいしね」

　顎に手を添え、すこし思案した様子のレティシアだったが、クロエをちらと見るとニヤリと笑った。

「なんじゃレティシア。また泣かされたいのか？　次はないと申したはずじゃがな」

貫禄たっぷりに挑発するクロエに対し、レティシアはわかりやすく怒りだす。

「ふーん、次は負けないもんだ！　いくよ、お前たち！」

そしてまた二人はいつぞやのように飛び去って行く。ただ今回は前と違い、レティシアにも取り巻きの翼竜がついているようだった。その様子を見て取ったエルザたちも相手の翼竜を抑えるべく参戦する。

竜族同士の戦いが再び始まった。すこし離れた場所で殴り合いやら魔法の打ち合いやら、口から正体不明な何かを吹き出すやら。なんともバラエティーに富んだ戦いが繰り広げられている。

しかし前回もそう感じたのだが、とても本気でやっているようには見えないんだよなあ。見せるための戦いというか。もしかすると単にじゃれあっているだけなんだろうかと感じてしまうのは、俺の感覚が麻痺しているだけなんだろうか。

「今のうちに愚王のほうを何とか……ってちょっと？　レティシア様⁉　こっちに来ないでくださいまし⁉」

戦場がこちらに近づいてきた。竜族の卓越した運動性能と無尽蔵に近い魔力により、飛びながら魔法を打ち合う空中戦になっている。地上の建物に流れ弾が次々と着弾する。

逃げ惑う兵士たち。突然襲ってくる魔法やら建材などを気にしていたら、とても戦闘どころではないはずだ。

そして予想どおりというか。とうとうシルヴェーヌの至近に翼竜の一体が放った魔法が着弾する。

「きゃ――っ‼」

激しい破壊音とともに床がはじけ飛ぶ。とっさに強化《ストレングス》やエリーが魔盾《シールド》を張って防げはしたものの、吹き飛ぶ身体をコントロールできるはずもなく、シルヴェーヌの華奢な体は風に翻弄される木の葉のように舞う。

どんくさい姫様だ！　駆け寄って壁を蹴り、瓦礫を足場に飛び上がって何とかシルヴェーヌの身体を抱き寄せる。

「ど、どどどこ触ってらっしゃるの⁉」

「ちょ、暴れんな！　死にたいのか」

きゃあきゃあ騒ぐシルヴェーヌを何とか抱きしめ、押さえつける。途中柔らかいところやらお尻やら触ってしまった気もするが、触りたくて触ったわけじゃない。勘弁してほしい。躱し切れない瓦礫がいくつか身体に当たるが、強化《ストレングス》のおかげで大したダメージはない。

何とか無事着地し、一息つくも途端に顎をぐいーっと彼女に押される。

「お離し、あそばせ！」

「わかったわかった、離すからちょっと待て、っていでででで！」

こいつ思い切りつねりやがって。放り出してやればよかった、くそ。

「あ、貴方ケガを」

ん？　そういえば瓦礫がかすってどこか切ったか？

「ああいや、大したことない。それよりアンタは無事か」

「わ、私？　……だ、大事ないですわ」

「そか。そりゃよかった」

笑いかけてやると、シルヴェーヌはぐっと押し黙ってしまった。

「ん？　やっぱどこか痛めたのか？」

「あなた……」

「はい？」

「あなた、どうして、敵を助けるのですか」

　ペタンと地面に座ったままのシルヴェーヌが俺を見上げて尋ねてくる。不思議と先ほどまでの攻撃的な雰囲気が若干和らいでいる気がする。

「いやあ、空の上でド派手にドンパチやってる中での突然の事故だし。なによりアンタ、魔法強化も掛けてなかったようだから、当たったら死ぬと思ってな。っていうか助けるのにそんなのいちいち気にしちゃいねぇよ！　もう、無事だったからよかったじゃないか」

　案外細かいことを気にするお姫様だな？　するとふいと視線を下げたかと思えば、今度はポツポツと語りだす。

「やはりあなたは……あなた様は……あのダン様そのままなのですね……」

「はあ？　何言ってるんだ？　俺は俺に決まってんだろ。どっかで頭でも打ったか？」

「そんなあなたがどうして国を簒奪するなど、暴挙に出たのですか？」

　ちらとこちらを見上げた彼女の瞳には、当惑の色がありありと見て取れた。

「……俺は決して王国を奪ったわけじゃない。ほかに良い手がなかった。人心を掴み、国を引っ張れる者もいなかった。だからやむなく王位に」

それから王位につくまでの経緯を手短に話した。

帝国の情報将校にそそのかされた王女と議会とを中心に内部から突き崩され、王は暗殺、一時期は帝国に占領された状態だったこと。

それを有志で取り返したこと。なり手がいなかったから象徴としての国王となったこと。一切を話した。

話をすべて聞いたシルヴェーヌは狼狽《ろうばい》していた。いったいどんな内容を吹き込まれていたのだろう。いささか信じられないのかもしれない、くるくると表情を変えるその姿は滑稽《こっけい》ではあるが単に世間知らずなのであろうか。可愛らしいところもあるもんだ。

そうこうしているとシルヴェーヌはやおら立ち上がり、空をキッと見上げる。

「レティシア様、クロエ様！　お伺いしたきことがございます！　どうかこの愚かな女の願いを聞き届けてはいただけないでしょうか⁉」

空に向かってシルヴェーヌは叫んだ。

曲解の氷解

途端に上空での戦いが止まる。話せばわかるんだ、こいつら。意外……。

二人が何事かと共に降りてくる。周りの翼竜同士の戦いもそれに合わせていったん収まった。

「なあに、シルヴィちゃん。お姉さんに何が聞きたいの？」

腕を組んで、ぱっと見シルヴェーヌより幼く見えるレティシアが問いかける。

「先ほど簒奪王から、自分は国を奪ってなどいないと聞かされました。いささか信じがたい話なのですが、本当のことですの？」

いい加減、簒奪王呼びやめようか。

「え？　本当のことですのことよ？」

レティシアが彼女の口真似をする。これ、バカにしてるよなぁ絶対。

「うむ。主はまっとうな手段で国を救い、みなに推《お》されて王位に就いた英傑じゃ。今すぐこんなバカげたお祭りは止めにして、さっさと国に帰るがよい」

クロエもレティシアに同意する。もっとも、事実だからな。英傑ってところはちょっとこっぱずかしい気もするが。

「そんな……では今まで私が信じてきた事柄はどういうこと……？　もしやすべてが嘘……？　スペシェ！　どこにいますか⁉」

彼女の呼びかけに、瓦礫をよじ登りながらスペシェが顔を出した。

「はっ、ここに！　……むっ⁉　貴様、殿下から離れろ！」

俺を見るなり表情がこわばる。

「よい。スペシェ、控えよ。私が許可しました」

「し、しかし」

「控えよと言いました」

「……は」

「先ほどレティシア様から聞きました。こちらのウォーレナ・グレンヴィル殿。簒奪王などではなく、王国の正式な手続きを経て即位された正統な王とのことだが誠か。無理やり奪ったのではなく、むしろ帝国の情報士官が仕掛けたクーデターを防いだ救世主だと。どうなんです？」

「こ、皇女さまそれは……」

「どうしました、答えなさい。我らは。私は、いったいあなた方に何をさせられているのですか⁉」

　しかしスペシェは答えない。視線を左右に彷徨《さまよ》わせ、必死に言い訳を考えている？　おおかたそんなところだろうか。

　そんな彼の様子に確信したのか。シルヴェーヌは彼の言葉を待たずに広場の兵士に向かい、宣言する。

「我に与《くみ》する兵士たちよ、お聞きなさい！　この戦いは私の正義ではありません！　直ちにここから撤退しなさい。聞かぬ者は、私自ら裁きを下します！」

彼女の突然の命令に、周りの者どもに動揺が走っているようだ。兵士同士困惑気味な様子でざわざわと話し出す。

スペシェが長く息を吐くのが聞こえた。振り返った先には、さっきとは裏腹に落ち着いた様子の彼の姿が。違和感と警戒感が俺の中で広がった。

「いっそ殺されれば良いと思っていたが。もはやここまで、か……」

半《なか》ば達観したかのような表情のスペシェは、自嘲気味に笑う。それは自身に向けてか、だれに向けてのものなのか。知る由もない。

「なんです、スペシェ。申し開きがあるなら言いなさい」

シルヴェーヌはそんな彼の態度が気に入らないのか、問い詰めるように尋ねる。

そんな彼女の言葉がトリガーとなったのか。

「殿下。お覚悟っ！」

突然剣を抜いたスペシェが、シルヴェーヌに襲い掛かる。

「スペシェっ、何を！」

シルヴェーヌを押しのけ剣を受ける。二つの剣がぶつかり、ジリッ、ジリッと火花が散る。

「おいおい、こいつもずいぶん躾のなってない犬っころだな」

「おのれ、邪魔をするなっ！」

侮蔑《ぶべつ》と挑発を込めた言葉に、スペシェの顔が醜くゆがむ。ほう、それがお前の素顔か。なかなかの良い悪役面じゃないか。

「なっ、何をするのです、スペシェ！」

シルヴェーヌは二、三歩あとずさると自分を守るべき近衛の暴挙を問いただす。いや、もう理由なんてわかりきってるだろ、とはあまりにかわいそうなので言えない。

「いやなに、もはや邪魔なので消えていただこうかと。……これから殿下は志なかば、異国の地で命を落とすのです。それも王国の手の者によって。帝国民は心を痛めることでしょう。それをこの国に攻め込む口実として使わせてもらいます。簒奪王がいるのは計算外でしたが……なに、逆に都合がいい。どさくさ紛れに討ち取れるやもしれぬからな。……さあ者ども、かかれ！」

兵の間にも動揺が広がっているようだった。無理もない、今まで守るべき対象と指示されてきた相手を害す命令なのだ。互いに見合うようにのろのろと準備を始める。

「どうした貴様ら、俺の命令が聞けないのか⁉　軍法会議モノだぞ！　さあ、さっさとあいつらの首を取れ！　王国の騎士団が邪魔だてしてきたら撃退しろ！」

スペシェはもう取り繕うことは諦めたらしい。兵士のほうも、動きが通常のそれとは違い、明らかに鈍くはあるが、今のうちに準備はしないと数で押されるとまずい。

「エリー！　そこで伸びてるベリータを！」

「もうやってるわよ！」

エリーが俺の意図を汲んでくれ、早速回復を掛けてくれているようだ。俺の相棒はこういうとき、本当に頼りになる。

「ビル、メグ！　ついてるか！」

「「はい！」」

　双子もエリーの近くで戦闘準備に入っていた。

「回復したベリータと円陣を組んで、姫さん囲んでみんなで守れ！　さっき信号弾を騎士団に向かって放った！　しばらく持ちこたえればいい！」

「しばらくってどれくらいだよ、お師匠ぉ！」

　早速襲い掛かってきた兵士を相手にしながら聞いてくるが、すまん、わからん。

「しばらくはしばらくだっ！　おい、レティシア！」

「なになにウォーレナきゅん？　デートのお誘いかな？」

　尻尾で襲い掛かってくる兵士をはじき飛ばしながら、あざとい表情でバカなことを聞いてくる。この状況でデートに誘う奴がどこにいる。

「アホか。そこで高みの見物してる暇あるなら、自分トコの姫さんくらいこの不忠義者どもから守ってやれ！」

　ていうか話してる間もノールックで相手を殴るとか、一周回って面白いから今度ゆっくり見せてくれ。

「えー。もう、しょうがないなぁ」

　俺の『お願い』にレティシアは渋る。こいつわかっててやってんだろ。無性に腹が立ってきた。後で一発ぶん殴ってやる。

「しようがなくないっ。アンタ、守護する立場だろうがっ」

「はいはいわかったよ。今回は貸しにしとくかんねっ」

「なんで俺に貸しなんだよ。そんなツケ、帝国に回してやるから、あっちから受け取れ！」

俺も敵をさばきながら話すの、地味に大変なんだぞ⁉　くだらないやり取りをさせるの、やめてもらえますか⁉

「あとシルヴィ！」

「ひゃ、はいっ……な、なんでしょうか」

ちょっと言い方がきつかったか？　彼女はビクリと過剰に反応した。俺の脇にそろそろと顔を出す。

「聞いてのとおりだ。とっとと下がってベリータと仲良く見物でもしてろっ」

「えっ、あ、貴方は……？」

「俺？　俺は……」

つばぜり合いをしていた剣を思いっきり弾いて剣先をスペシェに向ける。

「この守るべきお姫様に刃を向ける、最高にダセぇ奴らを叩きのめしてやろうと思ってな」

我が領土を、国民を。自ら忠誠を誓うべき王族を、仲間を、か弱き女性を。こいつらは騙し、利用し、食い物にした。

「飼い犬が主人に牙をむくとはいったいどういう了見だ？　貴様らの罪。その薄汚ねぇ魂魄《こんぱく》に刻み付けてやる。さぁ、躾《しつけ》の時間だ。かかってこい！」

「言わせておけばこの……簒奪王……片田舎の成り上がりの分際でぇぇ！」

スペシェが歯ぎしりをして剣を構えなおした。

ちょうど騎士の連中もなだれ込んできた。これで頭数的にも問題ないだろう。

「祭りには間に合いましたかね～、陛下～？」

ギルバートが広場でのんきに声を上げた。

「おお、ちょうど今からだ。任意の判断で始めてくれ！」

「おのれ、どこまでも我らを愚弄しおって……、貴様は精鋭で一気に潰す！『猟犬』ども、あのふざけた愚王を食い破れ！　一般兵どもは皇女を捕らえろ！　なんなら殺してかまわん！」

◆◆◆

いくら命令されたからって、アタシに歯向かって生きていられると思ってるのかしら？　時々わかんないのよね、人間って。

「うぉおおぉっ！」

果敢に突っ込んでくるのはいいんだけれど、アタシの尻尾の薙ぎ払い一撃で沈んじゃうんだから、もっと工夫しないとね。

「なぜだ！　なぜ守護竜ともあろうお方が、我ら帝国兵にあだなすのだ!?」

そりゃあ皇家に反逆した連中だからに決まってるでしょ。

「攻城砲、準備完了！」

「狙え！　……撃てぇ！」

けたたましい音と煙が湧いたかと思えば、黒光りする弾が勢いよく飛んで来た。城攻めする武器だね、たしか。そう来たなら……。

「こうだっ！」

拳で弾を殴りつける。弾はポーンと天高くあがり……攻城砲の後ろにある陣地あたりに落ちた。鈍い振動と人間の悲鳴、それに激しい土煙が上がった。

「今だ、今のうちに皇女を！」

背後で声が上がった。しまった、罠だったか！

「し、シルヴェーヌ！」

慌てて振り返った先には伸びた帝国兵とドヤ顔のクロエちゃん。その後ろにはシルヴェーヌの姿もあった。良かった無事だ。

「戦いに夢中になって主目的を忘れるとは、まだまだお子ちゃまじゃのう」

クロエちゃんにバカにされてしまった。悔しい。

「ほれ、あのバカでかい砲はまだ健在じゃよ。それに気づいておるか？　連中、どうやったかはわからんが、鬼《オーガ》の群れを誘引したようじゃ。魔物の気配が近づいてきておるじゃろ？　どさくさ紛れに魔物に街を襲わせて、王国のせいにするつもりかものお」

「え!?　……確かに。魔物をけしかけるなんて……帝国兵とは思えぬ所業。恥を知れ！」

「こっちは我らが支えてやるから、お前は砲を片付けてから鬼《オーガ》退治にでも行ってくるがよい」

クロエちゃんがひらひらと手を振る。

「……ありがとう。尻拭いはきっちりするよ。……行ってくるね」

そしてひらりと空へ上る。まずは攻城砲。こちらは簡単。

「……炎槍《フレイムジヤベリン》！」

所詮人間が作る兵器。先ほどまで威勢よく弾を打ち出していたそれは、魔法一つで飴細工のように溶けていき、あっという間にただの鉄くずに帰した。

兵器だった物の周りでは帝国兵が右往左往しているが、連中はこの際放っておく。

それよりあっちだ。大量の鬼《オーガ》の気配に向け飛ぶ。

気配はどんどん増えてくる。国境近くの険しい山岳地帯に存在する、巨大な鬼《オーガ》の居住地であるダンジョン。ここから鬼《オーガ》が出てきているけれど、普段はめったに出てこない連中。なぜ誘引なんて芸当ができるんだ……？

「あれは……！」

鬼《オーガ》が向かう先をたどると、理由はすぐわかった。

こいつら、鬼《オーガ》の子をさらって磔《はりつけ》にして引っぱってやがる！

先回りし、磔刑台《たっけいだい》を運ぶ部隊の前に降り立つ。アタシの姿を認めると、驚いた様子で貨車を止め、それぞれ膝まずく。

「あ、こ、これはレティシア様！」

「貴様ら……何をやっている？」

「わ、我々は命令を受け、その鬼《オーガ》のガキを辺境伯の街に投げ込むため、動いております」

「貴様ら。何をやっているかわかっているのか。普段平穏に暮らしている鬼《オーガ》どもを、よりにもよって戦争の道具に使いおって」

「妙案ではないですか。これで王国にはダメージを与えられる、鬼《オーガ》どもの数も減らせる！　まさに一石二鳥の」

手刀で兵の、いや外道の首を刈る。途端に周囲がざわつく。……獣の戯言なぞ、最後まで聞きたくもない。

「貴様ら、鬼《オーガ》の子を置いて直《ただ》ちに去れ。でないと全員、首を刈る」

「いっ、ひぃぃぃぃ！」

外道どもは来た道を戻っていったが、そこには……。

「あっ」「やっ」「ぐっ」

怒り狂った鬼《オーガ》がいるはずだが、と助言するまでもなかった。

間もなく鬼《オーガ》の群れがアタシを包囲した。

「ほら、鬼ども。お前たちの子はアタシが救った。元のねぐらに連れて帰れ」

だが奴らは動こうとしない……ふむ。怒りは収まらんということ、か。

「貴様ら、アタシがだれだかわかってそういう態度をとるんだよね？　逆らったらどうなるかも、十分わかってるわけだ」

人間に、同じ目を見せる、か……。どこまでも愚かだね、鬼って生き物は。

「じゃあ代わりにアタシが相手してあげるよ。王国にはいろいろ借りっぱなしでね、これ以上借金を増やすわけにはいかないんだよ。……悪いね」

鬼《オーガ》たちはすっかり怒りで我を忘れている。集結し、一気に攻め込むつもりでいるようだ。ざっと千体はいるかな。

耳を貸すような雰囲気はない。これはもう、アタシが何とかするしかないじゃんか。あとで帝国兵《あいつら》に、十分ツケを払わせてやる。

ふわりと宙を舞い、鬼《オーガ》の群れが見渡せるほどの高度まで昇る。遠くにベルクヴェルクの街と、激しい戦闘の炎や魔法の光が見て取れる。ため息をついて再び眼下に視線を戻す。

「帝国と、王国を守るため。……すまんが死んでくれ」

こうするしか、街を、ウォーレナの国を守る方法はなさそうなんだ。残念だけど。

人間の都合で引きずり出された彼らを、アタシの都合で殺すのだ。なんと罪深いことだろう。

呪文は、すでに練り終わった。

「――アタシはきっと、ロクな死に方をしないだろうな」

つぶやいたところで、聞くものはだれもいない。

「この終焉が次の生への清めとならんことを……煉獄《プルガトリウム》」

煉獄《プルガトリウム》。形容するならば、地上に顕現した小さな太陽。どろどろの鉄が溶けた坩堝《るつぼ》。小さな村ほどの大きさのそれが、突然地面に発生すると想像すればいい。鬼《オーガ》たちは次々に落ち、一瞬で燃え尽きる。

――悲鳴を上げる間もなく、だ。

強い上昇気流と共に、上空にまで届いた激しい熱気に思わず目を細める。ここからでもその熱量が測れるほど。

次なる生に向けた清め。これは救済か？

「……ごめんな」

哀れなる鬼《オーガ》どもに、神の祝福があらんことを。

◆◆◆

気配はあったが、一気に出してきたな。――『猟犬』。帝国軍の最精鋭。前回は一人だったが今回は五人。……っと。

「私を含め六人の『猟犬』部隊。おまけに頼みの守護竜どもも皇女殿下《あちら》にかかりっきりだ。さしもの竜を統べる者《ドラゴンマスター》であっても、苦しいのではないか？」

「さあ、どうだろうな？」

しかし先ほどから間断なく繰り出される『猟犬』たちの攻撃。あるときは波のように。あるときは槍のように多彩な攻撃を繰り出すチームワークには舌を巻くほかない。

「ちょっとここらで休憩でもしないか⁉」

こちらが一刀振りかぶれば相手からは一気に六本の刃が襲い掛かる。さすがにキツイ。

「手を止めればすぐに休憩できるさ、永遠にな！」

スペシェが気味の悪い笑顔を貼り付けながら剣を振りかぶる。

調子に乗って大振りでもしてくれればつけ入る隙も生まれるというのに、さすが戦い慣れている連中だ。そんな機会はくれそうもない。

意識を集中させ、時の流れを引き延ばすにしても限界がある。

それに竜術〈ドラゴニック・アーツ〉を使うにしても精神統一の時間がどうしても必要だ。

クロエの加護――『戦神降臨』はどうだ？　いや、あれは意識を失う。チームワークで攻撃をしてくるコイツらに使ったら最後。あっという間に刈り取られる。

さすがは数々の逸話を残す連中、『猟犬』の面目躍如といったところか。次々と身体中、細かい傷を刻まれる。最小限の動きで躱しているからだが、このままではいつ深手を負うかわからない。

こちらとしても一人を相手にしている隙に別の『猟犬』が仕掛けてきて一向に削れない。それは相手も同じだが、どこかでブレイクしないとじり貧だ。

さすがにあと二人、仲間がいれば削りきれるとは思うが、こうも手が出せないと大きくひっくり返す何かがないとどうにもならん。

「どうした愚王よ、手も足も出ないではないか⁉　やはり実力不足は否めぬなあ⁉」

スペシェが愉快そうにあおる。

「楽しそうで何よりだよ……っ⁉」

わずかな段差だった。足をとられ、動きが遅れた。そのとき背後からの刺突が。完全に死角からの攻撃。遅れて態勢がとれない。

「しまっ……！」

受けても致命傷にはならないだろう。刺突を覚悟した。

「させないっ」

チリチリと金属のこすれあう音。いつの間に背後に詰めていたのか。何者かが俺と『猟犬』との間に割り込んできた。

「案外背後は隙だらけなんですね、いっそ背中にも目をつけられたらいかがですか？　国王陛下？」

ベリータだった。さすがに帝国軍人である彼女を害するのは躊躇《ためら》われるのか、『猟犬』たちは距離をとる。

「ぶっ、ブリゼ少尉……！　貴様、どういうつもりだっ」

スペシェが彼女に指をさして叫ぶ。

「どうもなにも。私はシルヴェーヌ殿下の付き人ですから」

そんな言葉もどこ吹く風。つとめて冷静な彼女は落ち着いたトーンで淡々と返す。

「だったら、なぜその男をかばう⁉」

「なぜ？　……殿下を傷つけようとしたあなたがそれを言いますか。敵の敵は味方。それだけです」

「はっ、貴様は大局が見えていない。これは帝国の繁栄には必要なプロセスなのだ。これは極めて高度な政治判断であり、貴様のような一介の下級士官ごときには理解できんだろうなあ！」

スペシェは小ばかにしたように言葉を続ける。だが、ベリータも負けてはいない。

「大局？　……お笑い種ですね。どうせ貴方も飼い主の甘言に乗せられた口でしょう？　我が父上が何も知らないとでも？」

「き、貴様……いったい何を言っている？」

スペシェが動揺した。父上？　ベリータの父親か。そんなに地位がある人間なのだろうか。

「さあ、何のことやら？　私は一介の下級士官ごときで、今はシルヴェーヌ殿下の付き人ですからよくわかりません」

「けっ、消せ！　愚王もろともあいつも消せ！」

「し、しかしあちらは参謀長のご息女。下手に手を出せば……」

「戦闘中の偶発的な事故だ。なにも問題はない！」

参謀長……ベリータの父親、かなり地位が高いな？　まぁそうでなければ皇女の側仕えは務まらないということか。しかし参謀か……彼女の言ったこと、言葉以上に重いかもしれない。

そんなことを思案していたら、突然ベリータが顔を寄せる。エリーとも、シルヴェーヌとも違うクールな雰囲気を持つ、こちらもなかなかの器量良しの彼女。そんなことを気にしている場合ではないことはわかってはいるが、ドキリとさせられるくらいには十分魅力的だった。

そのまま声を落として彼女は話しかけてくる。

「陛下」

「ん、な、なんだベリータ」

「私が時間を稼ぎます。その隙に陛下は竜術〈ドラゴニック・アーツ〉を」

「……なぜ、それを」

「時間がありません、お早く！」

『猟犬』の一撃を受け流しながらベリータが叫ぶ。

考えている暇はなさそうだ。

エリーに目配せし「俺と彼女にバフを！」と伝え精神集中を始めた。ベリータに魔盾《シールド》を掛けてくれれば多少はこらえられるはず。

技のために意識を集中。時の流れが遅く感じる。『猟犬』の猛攻がのんびりとした動きに引き延ばされる。

剣を正面に構えさらに集中する。周囲の音が聞こえなくなる。いつもの耳鳴り。

南天の古竜。その加護を意識する。風のイメージ。加護を通じてリンクする。力が身体を駆け抜けていく。自らの力が高まるのを感じる。

その間にもベリータには着実にダメージが入っていく。焦るな。ここで焦っては彼女の行動が水泡に帰してしまう。

しかしこのままではベリータが。時間にしてわずか。だが彼女が致命傷を負うには十分すぎるほど長い時間。

クソ、見捨てられるわけないだろーが!!

「ベリータ！　スイッチだ！　……挑発《トーント》‼」

強引に『猟犬』たちの攻撃をこちらに向けさせる。途端に降り注ぐ凶悪な刃。次々に刻まれる無数の傷。これを彼女は先ほどまで一身に受けていたのだ。

「くっ！　……エリー！　ベリータに回復！　そのあと俺たちに継続回復だ！」

「な、何で術を中断したのですか！」

ベリータが斬撃の雨を何とか躱しながら叫ぶ。

「あのまま継続してたら、っ！　お前が死んでたからだよ！」

「でも！」

「ああもう、うるさい！　もう一回だ！　ビル、メグ！　お前たちの力も貸してくれ！　エリー、バフをくれ！　メグ、防御だ！」

途端に魔盾《シールド》、祝福《ブレス》、魔法障壁《プロテクション》が二人に掛かる。

「ちょっとしか持たないわよ！」

さらに金縛り《ホールド》と転倒《トリップ》だろうか。途端に『猟犬』たちの足さばきが怪しくなった。

「熱いですけど、我慢してくださいね‼　……火壁《ファイアウォール》！」

俺たちの周りに炎の壁がぐるり取り囲む。魔法障壁《プロテクション》のおかげで熱さは軽減されているが結構熱い。効果時間もそうだが、こちらの身体もどれだけ持つか自信がない。

「今です！　竜術〈ドラゴニック・アーツ〉を！」

ベリータが悲鳴のように叫ぶ。

再び技のために意識を集中する。荒れ狂う炎の壁が途端にのたりのたりと舐めるようにゆっくりとのたうつ。

ベリータは魔法効果が切れる瞬間を警戒している。剣を引いた刺突の構え。

剣を正面に構えさらに集中する。やがて炎の音も消え失せる。耳鳴りが支配する時間。

古竜クロエ。俺に力を。加護を、風の力を！　猛る力が身体を駆け抜けていく。自らの力が剣に集まっていく。

唐突に炎の壁が消え失せる。途端に襲い掛かってくる『猟犬』。間に合うか⁉

時間が戻り始める。ベリータが『猟犬』の剣をいくつか捌《さば》いてくれた。が、スペシェの剣が一瞬早い。奴の勝ち誇った顔が忌々しい。

このままでは、やられる！

「こなくそぉ！」

突如スペシェの右腕に剣が叩きつけられた。ビル⁉　お前いつの間に⁉　兵たちの包囲を突破してここまで届いたというのか。

だがそのおかげで奴の剣筋は大きく逸れ、俺の頬を軽く斬りつけるだけに留まった。ナイス、ビル！　このブレイクは値千金だ！

「ウォーレナぁあああぁ!!!」

攻撃を弾かれたスペシェの表情が醜くゆがむ。

「撃って、ウォーレナ様‼」

　ベリータが叫ぶ。

──力を剣に。剣を天高く突き上げる。

「竜術〈ドラゴニック・アーツ〉奥伝、雷竜閃《らいりゅうせん》‼」

　にわかに空が陰り、厚い雲が一気に湧き上がる。雲中でパリパリと弾けている稲光がその勢いを増し瞬きする間に大きく形作られていく。

　『猟犬』をはじめ、周りの者の動きが示し合わせたかのように止まった。みな突如起こった頭上の異常な現象に目を奪われているのだ。それくらい雲から生み出されようとするモノは、明らかに異質なものなのだ。

　それは本能に訴えかける恐怖。

「……雷の、竜」

　ベリータが呆然とつぶやいた瞬間、雷の竜はその牙をむき出しにして『猟犬』に襲い掛かる。近くの石畳などを巻き添えにしつつ、地を這《は》うように一気に距離を詰めた暴竜はその凶暴な顎《あぎと》で次々と『猟犬』を食い破る。

　悲鳴を上げる間も、逃げる暇もなかっただろう。哀れな犬どもは立ったまま、その場で黒焦げの置物と化していく。

　雷の暴竜は一瞬のうちに去った。だが周囲の敵に、動く者どころか声を上げる者すらいない。それほど圧倒的な力、有無を言わせない。

　それはあまりにも純粋で、一方的な暴力だった。

「なん、なんなんだよアンタ……。ば……化け物」

十分な間の後、半身だけ焼いて生かしておいたスペシェが倒れこみ、みっともなく後ずさりを始める。周りの無事な兵士は、みな悲鳴を上げ転がるようにその場を離れた。

「ぶはっ！」

息を一気に吐き出すと疲労感が押し寄せ、思わず片膝をつく。竜術〈ドラゴニック・アーツ〉も奥伝となると、消耗が激しい。何度も使える術ではないと実感する。

「ウォーレナ！　みんな！」

エリーが駆け寄ってくるのが見えるが、疲れがひどい。霞《かす》んで見える。肩で息をしつつ、何とか呼吸を整える。

「はあ、はあ……。時間を作ってくれてすまない。おかげで何とかなった。……みんな、ありがとう」

剣を納めながら礼を言うと、エリーとメグはニコッと軽く手を上げ、ビルは腰が抜けたように尻餅をつきつつも、目いっぱいの笑顔を返してくれた。

「へへっ、一撃だけだったけどね。でもそれよりこっちのお姉ちゃんが」

血が滴る音がした。

「いえ。すこし、休暇が必要な……く……ら、い……」

ガラン、と彼女の剣が雑な音を立てて地面に転がった。

「「ベリータ‼」」

倒れこもうとするベリータを支える。シルヴェーヌも駆け寄ってきた。

ぬめる感触に手のひらを見ると、彼女の血がべったりとついてくる。

わずかな間ではあったが『猟犬』の攻撃を一身に受けていたのだ。ダメージはそれなりに入っているに違いない。

「エリー！　すまない、また頼む！　急いでくれ‼」

「も、申し訳ございません……」

あちこち傷を負ったベリータは意識も絶え絶えの様子だった。エリーは「がんばったわね」と笑顔で彼女を労う。

「気にするなベリータ。ところで、アイツはどうする？」

スペシェを親指で指してどう料理するかを確認する。

「……シルヴェーヌ、殿下の……御心のまま、に」

「だ、そうだ。お姫様」

シルヴェーヌに問いかけると、厳しい表情で一つ頷いた。

「エリー様。ぶしつけなお願いがございます」

「なにかしら？」

エリーはベリータの処置をしながら尋ねる。相手が王族だろうが何だろうが、目の前の患者を優先する、強いヒーラーだ。

「あの者、この状態で生かしておくことは可能でしょうか」

「できるけれど……どうして？」

シルヴィが冷ややかな視線をスペシェに投げかける。

「いえ……この者には聞きたいことが山ほどありますが、五体満足で生かすのも業腹ですので」

「でっ、殿下っ！　お、お慈悲を」

みっともなくスペシェが情けを乞う。だが彼女は一瞥《べつ》をくれるだけで、再びエリーを見る。

「まずはこの子の治療が先決。その後は……陛下《この人》を診てから、騎士団の重傷者を診て、……その後かしらね」

そしてチラ、とスペシェを見てポツリとこぼす。

「それまで持てばいいけど」

その言葉を聞いたときのスペシェの顔は見物だった。

「死にたくないぃ……」

君主殺しを企てた男の泣き言が、しばらく辺りに繰り返し響いた。

◆◆◆

「――するとベリータは、親父さんの命を受けてスペシェを内偵していた、と」

治療の効果が出て回復したベリータに、今回の件をいろいろと聞いているのだが、すべてが前王崩御の騒動以前から始まっていたことに、驚きを禁じ得なかった。

「はい。わが父は現在、帝国の参謀長という職に就いております。最近の王国に対しての工作について、大変憂慮しておりました」

そんな父親の命を受け、シルヴェーヌの護衛をという地位を活用して近衛のスペシェを監視していたということらしい。

「今回の件を未然に防ぐことができ、しかもスペシェの悪事も白日の下にさらすことができました。これもひとえにグレンヴィル国王陛下のご協力あってのこと。父に成り代わりまして、御礼申し上げます」

ぴしり、と折り目正しい敬礼を寄越すベリータ。さすが。

「いや、そんな事情があったとは。知らなかったとはいえ、さっきは強く殴ってしまってすまん。このとおりだ」

頭を下げると慌てたように両手を胸のあたりで振る。

「い、いいえ、任務ですから！　あれのおかげで演技もごまかせましたし、結果良いほうに転がったと満足しています。……ちょっと。いや、結構痛かったですけれど」

彼女は頬をなでながら苦笑いを返した。そういえば笑ったベリータは見たことがないかもしれない。意外とチャーミングな表情を見せる。

「ほんとに、すまなかった」

「エリー様に完全に回復いただいたので大事ございません。でも……」

「でも？」

「そうですね、陛下がどうしても謝罪なさりたいということでしたら……代わりに今度、個人的にお食事にお誘いしても？」

　上目遣いでかわいらしく尋ねてくるベリータの意外な申し出には驚いたが、それ以上のリアクションをしたのがシルヴェーヌだった。

「だ、ダメに決まってますわっ！　私もまだですのにっ」

　何を言ってるんだ、コイツは？　突っ込むところ、そこじゃないだろ。

「いったい何の話をしてる？　シルヴェーヌ殿下」

「や、お気になさらず……こほん。でもベリータ。そういう事情があったのなら、どうして私に相談してくださらなかったんですの？」

　皇女殿下、今度はプリプリとお小言モードで彼女を詰める。

「殿下……申し訳ございません。任務というのもありましたが……失礼ながら、先に説明差し上げたところで、信じていただけましたか？」

　おずおずと語るベリータの言葉に、シルヴェーヌはハッと身体を硬くし、恐縮する。

「あ、そ、それは……ごめんなさい、見事に踊らされていた私には、とうてい納得できなかったでしょうね」

「騙した形になっていたのは間違いありません。それに関して申し開きをするつもりもございません。ですので、どうか私めには存分な罰を」

　ベリータは深々と頭を下げる。対する皇女殿下はあわあわと慌てふためく。

「罰だなんて！　あなたは帝国のためを思って動いてくださったのでしょう？　褒められこそすれ、だれが罰することなど」

「申し訳ありません、シルヴェーヌ殿下」

「んもう、シルヴィ、ですわよ。ベリータ」

　やわらかな表情を見せたシルヴェーヌはベリータの手を取り、優しく微笑む。

「……はい。ありがとう、ございます。シルヴィ様」

　対するベリータも、ほっとした表情を見せる。

「こちらこそ。私の過《あやま》ちを正してくれて。救ってくれてありがとう、ベリータ」

「当たり前です。……だって私たち、友達じゃない。助けるのは当然よ」

「そう、そうね。そうだったわ。……ふふ、でも不思議」

「何が？」

「ホント、ベリータの言うとおりになったなって。ほら、言ってたじゃない。『きっと上手くいく』って。……思っていた結果とは、ちょっと違ったけれど」

　はにかむ様に笑うシルヴィは、憑き物が落ちたかのように晴れやかに笑っていた。

「ええ？　信じてなかったの？　言ったでしょ、私の勘は当たるって」

　そして彼女たちは互いに微笑み合った。……なんというか、尊いな。

　そんな二人を眺めていると、ふいにシルヴィがこちらに向き直った。それに合わせるように、ベリータもこちらを振り向き笑顔を見せる。

「グレンヴィル国王陛下。此度の件、愚かな私の過ちを許していただいただけでなく、救ってくださった。感謝しておりますわ。ありがとうございました」

「ありがとうございます、陛下。私の、大切な友人を救ってくださって」

こんなに素直に謝罪をし、感謝をする人もいるものだと感心した。よほどまっすぐに育ったのだろう。いわゆる育ちがいいというのは彼女たちのような人に使う言葉なのだろう。

こんな純真な心を悪用するなど、帝国内の悪党はやることが悪辣極まりない。

「シルヴェーヌ殿下も被害者です。ここからは前を見て進みましょう」

俺が右手を差し出すと、シルヴェーヌはすこし驚いた表情を見せたものの、すぐに手を取ってくれた。固く握手を交わす。

……なんだかエリーの視線が厳しめなのは、この際気にしないでおくとしよう。

「お心遣い、ありがとうございます。……あの、陛下？　今後私のことは、以前のようにシルヴィと呼び捨てにしてくださいまし。ベリータだけズルいですわ。その代わり、陛下のこともファーストネームでお呼びしても？」

「え、あ、や、別に呼び方などシルヴェーヌ殿下の好きになさればよいかと」

「シ・ル・ヴィ、ですわ」

「あ、はい。……シルヴィ」

呼んだとたんに「はいっ」とこれまた可憐な花が咲くかのような笑顔を見せてくれる。これは並の男には毒だわ。……俺は大丈夫。今のところは。

「嬉しいですわ。それでは……ウォーレナ様。末永く、よろしくお願いいたしますわね。ってところで……」

とシルヴィがぐるん、と勢いよくベリータに首を向けた。向けられたベリータはビクリと身を震わす。

「な、なに？　なんでしょう、シルヴィ様……？」

「私、すごく疑問だったんですの」

ジト目のシルヴィ、初めて見た。もしかしてこっちが本性なのかもな。

「なにが、でしょうか」

ベリータの顔が引きつっている。

「貴女って、以前からウォーレナ様を知っていた様子ですけれど」

「あっ……えっ……と」

ベリータがあからさまに動揺した。それは俺も知りたい。

しばし視線を泳がせていた彼女だったが、やがて観念したかのようにガクリと肩を落とし、「父に、私が話したって言わないでくださいよ？」と前置きをすると、ぽそぽそと話しだした。

「私、父の命で内偵していたってのはお話ししましたよね」

「ええ、私にさえ黙って」

「あっ、結構根に持たれちゃってる感じですね？」

「続けて」

　ぼそぼそとベリータに指示するシルヴィ、なんか新鮮だ。

「アッはい。そのときに父から、ウォーレナ様についての情報は貰ってて」

「とんだ裏切り行為ですわね」

「ちょ、ギルティ判定早くないですか？　……そこですごく良い方ということは知ってたんです。初めて会ったときも助けてくださって本当に良い方！　って思ってたんですがシルヴィ様の手前そんな反応もできず」

「ほー、私のせいですかって……何の話ですか？」

「今思うと恋に落ちたのは温泉でのハプニングがきっかけです。湯気がひどく、本当に倒れこむまでウォーレナ様とは気づかなくて。このベリータ、痛恨のミスでした」

「もうなんか勝手に話し出してますわね。……ごめんなさい、ウォーレナ様。この子、暴走しだすと、その、壊れるんです」

　そんなかわいそうな子を見るような視線を向けてやるなよ、シルヴィ。

「壊れる……？」

「ええ。すこしの間、我慢くださいまし」

目を伏せて顔を背ける仕草、それ完全に憐れんでるよね？　……まあ、わからなくもないか。しゃーない、聞くとしよう。

「倒れこんだとき、かばってくださって。さらに胸を優しく愛撫《ぶ》され、しかも目の前にはあの渋い顔面。もうこれは抱かれる直前では？　いっそこちらから、このままキスしてしまえば良いのでは？　と思ったくらいです。考えればあれは、最良のイベントだったとも言えますね。惜しむらくは私に胸がないこと。また動転していたためあのときはすげない言葉をウォーレナ様には掛けてしまいましたが、あれは本意ではございません！　……調べではウォーレナ様は豊かなバストを好まれるとのことですし？　ウォーレナ様の下に参るにあたっては豊胸の術を身に付けておく必要があると愚考いたします」

　この子ったら、めちゃくちゃ早口で話すじゃん……。

「胸……ですの？」

　シルヴィが胸を押さえて俺をジトッとにらんでくる。俺はただ、プルプルと首を振る。

「さらに数々の無礼を笑って許していただいた上に、ディナーのときにはあのユーモア溢れるトークやさりげない気遣い。なんと素敵な紳士なのでしょう！　……主にシルヴィ様に向けられたものでしたが」

　なぜかシルヴィに冷めた視線を送るベリータ。彼女の従者のはずだよね、君？

「な、なんだか、ごめんなさい？」

　なんで君も謝るの？

「決定打はやはり今回の一件をおいて他にございません！　我々の過ちに対しても厳しくも優しい温情を掛けてくださいました。その上で双方の国にとって最良の結末に導いてくださった、その手腕と圧倒的な力。そしてたとえ敵軍の者であっても、戦いの最中においてなお、お心遣いをくださる度量の持ち主……惚れない女がおりましょうや!?　いやいるはずがございません‼」

「ああはい、良くわかりましたわ……」

シルヴィが、なんだかやたら疲れた表情を見せたのは気のせいだろうか。

「なのでシルヴィ様に負けないくらい、ウォーレナ様のことをお慕い申し上げているということです。何の愁《うれ》いもございません。さっさと手籠めにして囲ってくださいませ」

「えと、……善処します？」

直後エリーに足を踏まれた。痛い。

しかしベリータって、実はヤバい奴なのでは……？

あまりの二人の熱量に圧倒され、すっかり忘れていたのだが。

その後総崩れになった兵士やデモ隊に扮《ふん》した工作員たちは、間もなく騎士団によって鎮圧、逮捕された。

数が多すぎるため、すべての犯罪者を確保できたかはわからないが、大多数を押さえられたはずだ。今後、同様な問題はしばらく起きないと思われる。

だが……なんか別の問題が起きそうな予感しかしないんだが、俺の気のせいだろうか？

一難去れども

今回の一件。さすがに帝国もしらばっくれるわけにはいかないらしい。そもそもシルヴィがそんなことを、許すはずもなかった。

帝国情報局を中心とした、独断専行による王国侵略計画と実行、王国貴族、商人への多数の調略、おまけに第二皇女殿下暗殺未遂。……事件が多すぎて正直処理が追い付かない。

帝国に連行されたスペシェはその後厳しい取り調べと裁判のあと、絞首刑に処されたらしい。その他情報局内の複数人も処分されたと聞く。

スペシェにおいては殺すために生かしたともいえるわけで。さぞエリーとしては複雑な気持ちなのだろう、そう思っていたのだが。

「え？　せっかく命を繋いだのに、って？　ふふっ、ないない。思ったこともないわ。だってあれだけの混乱を作り出した主犯格よ。さっさと楽にしてどうするの。それこそ被害を被《こうむ》った国民や兵士に失礼だわ」

などと案外飄々《ひょうひょう》としていた。

辺境伯のほうはというと。直ちに王都に連行された直後裁判が開かれ、スペシェ同様、王宮前広場で吊られた。騒動に加担した者たちも徐々に捕らわれ、その罪に応じた罰を受けつつあると報告を受けている。

今回の件、帝国軍情報局内、および軍部の一部過激派が引き起こしたものとされているようだ。しかし取り調べの中でもスペシェのさらに背後にいるとされる人物の特定には至っておらず、引き続き不穏分子、過激派の洗い出しに注力していくとのことだった。

ベリータに言わせると、実は黒幕の目星は付いているらしい。しかし巧妙に身を躱すのでなかなか尻尾を出さなくて歯がゆい、と言っていた。

折を見て帝国からは正式な使節団が訪れ、公式な謝罪と賠償が行われることとなる。

これで一連の帝国による王国への破壊工作については、一応の終息を見ることができるかもしれない。

◆◆◆

後の細かいことは騎士団に任せ、さっさとノーウォルドに帰って二週間。やはり別の問題は起きた。

それは想像よりも早く、そして厄介だった。

「——本当にノーウォルドにお住まいですのね」

居館をきょろきょろ見渡しながら、シルヴィは感心したようにつぶやいた。

かしこまった席は嫌だというシルヴェーヌ殿下……もとい、シルヴィたってのご希望で、居館のリビングで話をしている。……この娘も意外と呼び方こだわるんだよな。

だがここで考えてほしい。普通、居館のリビングなんて外交の場にふさわしくない。

我が国はもちろん、当然帝国からも文官を多数引き連れてきている。そりゃそうだ、互いに王族なわけだ。……俺はちょっと微妙だけれど。

全員ここに入れるわけもなく、必然的に多くはテラスに追い出される結果となる。そんなわけで、取り急ぎ準備した丸テーブルと椅子に、それぞれ座ってもらっている。

リゾートよろしく等間隔に並んだパラソルの下で、黒服がくっそ真面目な表情でみっちり腰かけてる様子は、ある意味コントだ。

これ、国賓《ひん》を遇する対応じゃないよねぇ。

「ま、良く言ってホームパーティーね」

エリーがぽつりとつぶやく。まったく、ひでえ国だ！

「えーっとシルヴィ。今日は、どのようなご用件で？」

泣きたくなる気持ちをぐっとこらえてシルヴィに問いかける。そんな俺の気持ちを知ってか知らずか、とってもご機嫌な彼女は一通の封書を差し出す。

「こちらのお手紙をごらんになって？」

うわあ、高そうな封筒！　これって多分、帝国の公文書の封書だよね？　何が書かれてるのかなあ、気になるけど、見たくないなぁ。

「ウォーレナ様。そのように見たくないオーラを出さないでいただけますこと？」

シルヴィが眉をひそめ抗議する。うっ。ばれてる。……仕方ない。覚悟を決めよう。

……内容は想像以上にロクでもなかった。平たく言うと「シルヴィを嫁に差し上げます」、だそうな。

「ご覧になりましたわよね？　……ね？」

シルヴィの圧がすごい。

「あ、ああ。でも俺は受け入れるとは一言も……」

「というわけで、末永くよろしくお願いいたしますわね、旦那様♡」

ああもう。話、全然聞きゃしねぇよこの子。

実はここに至るにも紆余《うよ》曲折《きょくせつ》があった。ベルクヴェルクでの一件の直後、シルヴィが何を思ったのか暴走発言を繰り返したのが記憶に新しい——

「私、決めました。ウォーレナ様を我が国に連れ帰ります」

「はあ？　何言っとるんじゃこの娘は」

クロエがすでに臨戦態勢である。ケンカは終わったんだから、ここからは平和的に行こうぜ。

「いや、俺にはすでに心に決めた人がいるので、謹んで辞退させてくれたのむ」

「嘘でも良いので婿入りを。それが両国のためです。何なら今の意中の方も引き取りますわ」

あれ、意中の方って連れ子扱いだったかな？　……ああ、側室扱い。

「……嘘ではいかんだろ」

当然自分の嘘はスルーする。

「なら本当にしてください！」

「敵国に婿入りなんてできるわけないだろ！」

俺、間違ったこと言ってないよね？　ね？

「よいではないですか、王様なんて辞めておしまいなさいな！」

「王族の言葉とは思えんぞ、それは……」


――などと不毛なやり取りをすでにやっていたわけだ。あのときは結局シルヴィが折れて諦めたはずなんだが……まさかこんな手で来るとは。

なんでも手紙によると皇帝自ら「両国の友好とお詫びの証として、そんなんで良かったら引き取ってくれ（意訳）」などと発言したのだそうな。ホントかよ。

いや自分の娘でしょ――⁉　などと心の中で突っ込んではみたものの、そもそも王族とはこんなもんなんだろうか。だとすればある意味不憫に感じてしまう。

――無下には追い返せない。そんな事情が垣間見えてしまう。

隣のエリーはすでに諦め顔になっている。今更もう一人増えても驚きはしませんよ、といったところか。ったく、仕方ない。腹をくくるか。

「帰れと言われても、私にはもう帰る国など」

「いいよ」

「そうですわね。やはり無理……えっ？」

シルヴィが聞き間違いでもしましたっけ、私？　みたいな様子で顔を上げる。

「だから、ここにいればいいじゃないか。一緒に暮らそう」

俺の言葉に対してか、途端にシルヴィは表情をくしゃりとゆがめ、口元を押さえる。

「ほ、本当に良いのですか……？　多大なご迷惑をおかけした、こんな私でも？」

「今更だろ。このまま路頭に迷われても、逆に夢見が悪いしな。その代わり、みんなと仲良くしてくれよ？」

シルヴィは、涙を流しながら笑った。

「はい、はい……！　ありがとうございます。皆様。私、誠心誠意ウォーレナ様に尽くしますので、皆様もぜひ仲良くしてくださいましね」

「はあ。そういうことなら致し方ないの。主と我のために、国家繁栄のために尽くすがよい。よろしくな」

クロエはため息をついたかと思えば苦笑で彼女を迎えた。

「ここのことは、私に聞いてくれればいいわ。あまり気負わないでね」

エリーが彼女の肩をそっとなでる。

「んもー、またライバル増えたし。シルヴィはウチらの妹分？　なんだから、順番はきっちり守ってよね！」

早速マウント取りに行くのはミミの可愛いところでもあるが、今回ばかりはそうもいかないと思うぞ……？

「あら。旦那様にご寵愛をいただくのに順番など必要、あって？」

「だ、だってウチ先輩だし？」

「こういうのは先輩後輩など関係ないと思いますわ。むしろ王族たる心構え、淑女としての品格、旦那様を支えるという覚悟、そして」

「むきー！　絶対負けないもんね！」

　ほらな。仲良くしてくれよ？

「皆様に受け入れていただけそうで、本当に良かったですわ。ね、ベリータ、貴方からもお礼を言いなさい」

「私のような者まで受け入れていただける懐の深さ。さすがは王国を束ねる英傑でいらっしゃいます。ぜひとも稽古もつけていただきたく。……いずれはお情けも」

　ベリータが、まぁいかにもベリータらしい挨拶をしてきた、……わけだが？

「え、ってちょっと待て？　ベリータも、なのか？」

「当然です。いつまでも私はシルヴィ様の付き人ですから。シルヴィ様が赴かれるところには必ずお供させていただきます」

「えっと、つまり……」

「私とベリータ。二人共々、末永く可愛がってくださいまし」

　お、おう、そうか……うん、わかった……。

「はいはーい！　アタシもここに住んでいい⁉　いいよね⁉」

「ダメに決まっておろう。やはりアホなのか？　というか貴様、いつの間に忍び込んでおったのじゃ⁉」

最後にレティシアが元気いっぱいに手をあげてアピる姿に、クロエは盛大な突っ込みを入れた。

正式な輿入れは後日。だが本人たちの希望もあり二人はこのままここに残るらしい。

黒服たちも先ほど引き上げ我々だけになった。

じゃあ歓迎パーティーでもやるかなぁと思案していたら、突然クロエが怒り出した。

「そんなことより、いや歓迎会も大事じゃが。主よ。竜術〈ドラゴニック・アーツ〉の発動が遅すぎる！　先日の戦いではひやひやしたぞ。この娘らがふんばっていなければ危なかったやもしれん」

「そ、そうだな……助かった、ベリータ」

「いえ、ウォーレナ様のお役に立てたのなら、至上の喜びです」

「というわけで今日からしばらく特訓じゃ！」

「ま、まあ歓迎会してからでも良くないか？　明日からでも？」

翌日からの特訓は、正直言えば今までの実戦と比べてもそっちがマシって断言できるくらいにはキツかった。

おおかた改善したところでクロエが里に用事があると言い出した。毎年定期的に戻って会合に出なければならないと言っていた例年のあれだという。双子がさらわれた時期と被って大変だったことがあったな、などと皆で笑いあった。

「二、三日空けるが寂しい、などと言って泣くでないぞ?」

——俺にそう軽口を叩いてエルザ、ライザと共に発ったのは先週のこと。彼女たちはまだ戻らない。

「クロエたち、さすがに遅くないか?」

そうエリーたちに話したその日の夜、事態が動いた。

その日の深夜。戸を叩く音に何事かと開けてみればそこにはライザの姿が。見ればずいぶんと傷ついている。

「どうしたんだ、お前がこんなに傷つくなんてただごとじゃ」

「助けて、ご主人様。このままじゃ、御館様が、お姉ちゃんが、死んじゃう……」

それだけつぶやくとその場に崩れ落ちる。あわてて抱えてベッドに急ぐ。

クロエがどうしたって? 死ぬ? それにライザの全身にわたる大小の傷。

ライザがここまでになるなんて。竜の里で、いったい何が起きているんだ。

『絶界の山脈』の威容が、今日ほど恐ろしいものに感じたことはなかった。

本書に対するご意見、ご感想をお寄せください。

あて先

〒162-8540 東京都新宿区東五軒町3-28
双葉社　モンスター文庫編集部
「ずおさん先生」係／「れんた先生」係
もしくは monster@futabasha.co.jp まで

寝《ね》取《と》られ追放《ついほう》された最強《さいきょう》騎《き》士《し》団《だん》長《ちょう》のおっさん、片田舎《かたいなか》で英雄《えいゆう》に祭《まつ》り上《あ》げられる②

2024年4月1日　第1刷発行

著　者　ずおさん

発行者　島野浩二

発行所　株式会社双葉社

〒162-8540　東京都新宿区東五軒町3番28号

［電話］03-5261-4818（営業）　03-5261-4851（編集）

http://www.futabasha.co.jp/（双葉社の書籍・コミック・ムックが買えます）

印刷・製本所　三晃印刷株式会社

［電話］03-5261-4822（製作部）

ISBN 978-4-575-24732-9 C0093